« Poignant, puissant, juste parfait. »
— ***Cathy Cassidy***, auteure de la série
Les Filles au chocolat (Nathan)

« Un premier roman d'une beauté fascinante,
absolument envoûtant. »
— ***The Scotsman***

« Ce roman poétique est purement et simplement parfait...
Je l'ai adoré. »
— ***Irish Examiner***

« Succincts, empreints d'un doux lyrisme,
les poèmes qui composent le roman parlent d'immigration,
de préjugés, d'aveuglement,
explorent les thèmes de la famille et du premier amour,
et concluent en filigrane qu'il est possible de changer sa vie. »
— ***The Sunday Times***

« Une lecture unique en son genre, fascinante...
parfois drôle, souvent profondément émouvante. »
— ***Bookseller***

Swimming pool

Happy Christmas 2018
ma Chérie !
j'espère que ce voyage littéraire te plaira, et t'emmènera dans plein d'émotions

EMOTIONS

GROS BISOUS
......
Peggy
ta marraine

Cet ouvrage a été imprimé sur un papier
issu de forêts gérées durablement,
de sources contrôlées.

Illustration de couverture : HelloMarine

Cet ouvrage a paru pour la première fois en 2012
en langue anglaise (Grande-Bretagne)
chez Bloomsbury (Londres, Royaume-Uni)
sous le titre THE WEIGHT OF WATER

La présente édition est publiée
avec l'aimable autorisation de A. M. Heath & Co
ISBN : 978-2-7002-5644-4

Loi n° 49-956 du 16 juillet 1949 sur les publications destinées à la jeunesse

Sarah Crossan

Swimming pool

Traduit de l'anglais (Grande-Bretagne)
par Clémentine Beauvais

RAGEOT

Pour Maman et Papa

PREMIÈRE PARTIE

Départ de Gdansk Glowny

Les roulettes de la valise se brisent
Avant même qu'on soit parties de Gdansk Glowny.

Mama les cogne en descendant les escaliers, et
        Bing, bang, crac,
                Cassées.
                        Des éclats
                                de plastique
                Partout.

C'est pas facile pour Mama de porter une valise
Et un gros sac à linge débordant de vêtements.

C'est pas facile pour Mama,
Tout ce monde qui la regarde.

C'est le sac à linge surtout qui l'embarrasse,
Il est vieux, en nylon,
Emprunté à Babcia.

Tato a pris toutes les belles valises
Quand il est parti,
Quand il nous a quittées,
Mama et moi.

'Il y a des vêtements propres à l'intérieur',
me rappelle Mama,
Comme si c'était quelque chose
Dont on devrait être fières.

Et elle refuse que je porte quoi que ce soit,
Sauf
mon petit sac
à moi.

'Toi, tu t'occupes des passeports, Kasienka.
Très bien, Kasienka.
Et de l'argent.
On aura besoin de ces billets.
Surveille bien l'argent et les passeports.
Très bien, Kasienka.'

Mama parle et parle et je presse le pas
derrière elle,
Entre les uniformes de travail,
les sacs à dos.

Personne ne reconnaît Mama ici,
Dans la gare pleine de monde.

Mais tout de même ce sac à linge
L'embarrasse.

‘Reste près de moi, Kasienka.
            Reste près de moi’,
Murmure Mama quand on quitte Gdansk Glowny
Et qu’on monte dans le bus pour l’aéroport.

Je m’accroche à la ceinture de son manteau ;
Je suis trop grande, de toute façon,
Pour lui tenir la main,
Même si elle en avait une de libre.

Stansted

On n'a pas pris un bateau.
Les immigrants de nos jours
N'arrivent plus dans d'immenses paquebots pleins
  à ras bord,
Comme une marée de rats envahissant les ports.
On n'est pas en 1920, on n'est pas à Ellis Island, ici,
Ce n'est pas romantique, la vue, aucune
Statue de la Liberté
Pour nous accueillir.

On a pris l'avion jusqu'à Stansted.
    Pas tout à fait Londres.
    Mais pas très loin.

Dans la file d'attente pour l'immigration,
On répète nerveusement en anglais dans nos têtes :
    Yes-thank-you-officer.
Je sens que je ne suis pas chez moi,
Parler me retourne l'estomac
Et je répète ce que j'ai à dire
Comme une comédienne qui s'entraîne
Avant d'ouvrir la bouche.

Au carrousel à bagages,
Le sac à linge
Tourne lentement comme au manège.
Les gens regardent.

Quelqu'un le pointe du doigt,
Alors Mama dit : 'Laisse, Kasienka,
Il n'y a rien dans ce sac, à part des sous-vêtements
trop épais
pour le temps qu'il fait ici.
On n'en aura pas besoin.
Ici il nous faudra des bottes en caoutchouc.'

Mama a raison,
L'air de l'Angleterre est humide,
Le ciel comme une couverture grise.
Et la pluie menace
De nous tremper jusqu'aux os.

Là où on habite

Maman a loué une chambre
À Coventry.

C'est là que nous vivrons
En attendant de retrouver Tato :
Une chambre, au quatrième étage
D'un immeuble qui tombe en miettes,
Qui me rappelle mes cours d'histoire,
Me rappelle les photos en noir et blanc
De villages
détruits
par des bombes.

Il y a une cuisine blanche dans la chambre,
Dans le coin,
Et juste un lit double,
Avec une bosse au milieu
Comme un pierogi froid :
Le lit que Mama et moi on partagera.
'C'est juste une chambre', je lui dis,
Et ce que je veux dire c'est :
On ne peut pas vivre ici.
'Ça s'appelle un *studio*',
Dit Mama,
Comme si un mot
Pouvait changer la vérité.

Mama, debout à la fenêtre sale,
Le dos tourné,
Regarde les voitures vrombissantes filer
Le long du périphérique de Coventry.

Puis elle s'avance vers la cuisine et
Branche la petite bouilloire électrique.
Elle fait chauffer de l'eau
Deux fois,
Et prépare deux tasses de thé,
Une pour elle,
                    Une pour moi.
'Comme à la maison', dit-elle,
Sirote son thé, laisse son regard
Se noyer dans l'eau noire.

Mama a trouvé la maison parfaite pour
Un sac à linge abandonné,
À la limite.
Mais pas pour nous.

Premier jour

Mrs Warren demande : 'Tu parles anglais, ma grande ?'
Elle est agenouillée,
            Les mains sur les cuisses,
Comme on dit à un épagneul de venir au pied.

Sa voix est forte
Et claire,
Sa langue rose
                        roule dans sa bouche.

Je hoche la tête. Mrs Warren sourit,
Pousse un soupir,
Rassurée.

'Alors, comment tu t'appelles, ma grande ?'
    demande Mrs Warren,
Et je suis contente, parce que j'avais peur qu'elle croie
Que je m'appelle Magrande.
Peur de devoir répondre
À ce nom-là
Pour toujours.

'Je m'appelle Kasienka', dis-je,
            gênée par mon anglais
            tout biscornu.

Mrs Warren se relève,
        s'étire le dos.
Elle soupire,
        À nouveau,
Et des rides apparaissent sur son front.
Elle regarde Mama,
        et puis moi.

'Eh bien… Cassie, bienvenue !'

Je veux lui dire qu'elle s'est trompée,
Lui donner l'occasion
De redire mon nom
Correctement.

Mais Mama me touche l'épaule.
        Une mise en garde.
'On va te mettre en sixième,
On verra bien comment ça se passe.'

Sixième

J'ai douze ans.
Presque treize.
J'ai les seins qui poussent et
Je saigne chaque mois,
Mais je suis dans une classe de petits
De onze ans.

Ça ne choque pas Mama.
En attendant que j'arrive à lire
Dickens dans le texte,
Je dois rester, dit-elle,
Avec les plus jeunes.

Mais Mama a tort. Dickens, ici,
Il y en a même qui n'en ont jamais entendu parler.

Je suis meilleure en maths
Que n'importe quel élève de sixième.
Et en physique aussi, et en chimie.

En cours je me cache
Derrière un livre
Pour épargner aux profs
Une vue plongeante sur mes amygdales
À chacun de mes bâillements.

Je ne lis pas bien
L'anglais.
C'est la seule chose que je ne sais pas faire.

Alors ils m'ont mise avec des petits de onze ans.

La Cloche

Il y a une cloche
Dont la sonnerie stridente signale
Qu'il est temps de changer de classe.
D'un cri elle nous commande.
Comme des somnambules on se lève
Quand elle résonne ;
On fait silence
Quand elle l'ordonne.
Les profs essaient d'imposer leur autorité :
'C'est moi qui décide quand le cours est terminé',
insistent-ils,
Mais ils ne peuvent pas rivaliser
Avec La Cloche.

Ce que j'essaie de ne pas entendre

Des mots en polonais rebondissent à travers la classe,
Et ça devrait me faire plaisir, mais non,
J'essaie de ne pas les écouter ;
Deux garçons de ma classe disent des choses qu'une
 jeune fille,
Une demoiselle
Respectable,
Ne devrait pas entendre.

Ils rient, fort, parce que la prof
Est juste à côté d'eux. Elle les écoute
Sans les comprendre ;
Elle croit qu'ils sont
Sages,
Alors qu'ils sont
Sales,
Alors qu'ils parlent
De sa poitrine.

Konrad me fait un clin d'œil, sort sa langue comme
 une épée,
Comme s'il voulait me lécher.

Il a seulement onze ans ; il fait tout
Pour choquer,
Mais je sais que si je flirtais avec lui,

Même un tout petit peu,
Il serait probablement
Terrifié.

Pâle

Les enfants marron
Jouent avec les enfants blancs.
Les enfants noirs
Jouent avec les enfants marron.
Ils se courent après,
Mains en l'air, comme des bois de cerfs,
Et hurlent et se bousculent.

Je ne suis pas la bienvenue dans leurs jeux.
Pourquoi ? Je suis trop blanche.

Personne n'aime le trop-blanc,
Ce blanc de l'Est, ce blanc de glace,
Ce blanc des hivers polonais,
Ce blanc de la peau des vampires.

Marron, ça va – enfin, en général.
Mais pas trop-blanc. Ça ne passe pas.

Au déjeuner
Je me cache
                    Dans un coin
                    De la cour
Près de la fontaine à eau.
Tout ce que je veux, c'est être

Toute seule.

Je ne peux rien espérer de mieux
Au cœur de cette forêt de cerfs.

Muette

Mama a été embauchée
Dans un hôpital.

Jusqu'à ce qu'on trouve Tato,
On sera pauvres.
On aura besoin de cet argent.

Le travail de Mama c'est de nettoyer des chambres
et de transporter des choses.
Elle n'a à parler à
Personne.

Les longues voyelles de Mama effraient
Les patients les plus âgés.
Ils préfèrent entendre
Une voix familière, impériale ;
Ils n'aiment pas trop qu'une Polonaise
Leur apporte leur petit-déjeuner.

Le premier jour,
Une dame avec des miettes sur le visage
Demande à Mama d'où elle vient,
Alors Mama le lui dit,
Et le monstre couvert de miettes maugrée :
'Je voudrais quelqu'un qui soit anglais',
Et ajoute poliment : '*S'il vous plaît.*'

Mama n'a à parler à
Personne,
Normalement.

En fait, ils préféreraient tous qu'elle ne dise rien.

Tout ce qu'elle a à faire c'est nettoyer des chambres
Et transporter des choses.

'*S'il vous plaît.*'

Moteur de recherche

Mama va à la bibliothèque
Pour faire des recherches sur Internet.

Elle pense
Que Google sait peut-être
Où est Tato.

Mais il ne sait pas.

Quand elle tape le nom de Tato,
Google lui crache à la figure
Des milliers de liens inutiles.

La pauvre Mama est trop fatiguée pour cuisiner
Quand elle revient de son
Périple à la bibliothèque,
Alors c'est moi qui prépare à dîner :
Du porridge avec du miel et des raisins secs.

On mange dans un silence épais,
En prétendant, précautionneusement,
De ne pas remarquer que l'autre est là,
Dans la petite chambre,
Même si je ne sais pas vraiment pourquoi.

À dix heures du soir
Mama me laisse aller au lit

Toute seule,
Puis s'y infiltre enfin
Une heure plus tard.
Elle a les pieds gelés,
Et elle frissonne.

Mama renifle.
'Tu es malade, Mama ?'

Elle ne parle pas.
Elle fait semblant de dormir.

Mais lorsqu'une voiture passe dehors en rugissant,
Je vois dans la lumière froide
L'éclat d'une larme
Sur la joue de Mama.
Et je voudrais la consoler,
Mais je ne sais pas comment faire
Sans la mettre en colère.

Bruit

Il y a des gens pas bien dans notre immeuble.
Mama me dit de ne parler à
    Personne,
De ne regarder
    Personne,
Surtout quand elle est au travail.

S'ils essaient de m'arrêter dans l'escalier,
Ou d'entrer dans la chambre,
Je dois faire semblant de ne pas parler anglais,
'Parce qu'il y a des gens pas bien ici.'

Ce ne sont pas des Anglais,
Il n'y a pas d'Anglais dans cet immeuble,
Ils ne pourraient pas habiter ici,
Ils ne se sentiraient pas chez eux
Dans un endroit aussi infesté d'étrangers.

Parfois on entend des enfants brailler,
Des petits chiens aboyer,
Japper, couiner,
Jusque tard dans la nuit.
Un homme hurle :
    Sale bête ! Sale bête !
Et je me demande si ce hurlement
S'adresse à un chien ou à un enfant.

Une nuit un barbare vient frapper à la porte
Alors que Mama est en train de chanter.
        Elle a les yeux fermés
        Et elle sursaute
        Quand le poing fermé
        Tambourine la porte.

'Oh, le bruit, là ! hurle-t-il.
C'est contre le règlement !'
Mama se précipite à la porte,
L'ouvre, brandit sa partition,
Le Barbier de Séville –
Pour prouver que c'est du chant,
Pas du bruit.
'C'est contre le règlement !'
Hurle à nouveau le type,
        Le visage verrouillé.

Mama hoquète,
Presse la main contre son cœur,
Et referme la porte.
Bang.

Elle n'a pas peur de lui
        Comme moi j'ai peur ;
        Elle est choquée
        Par son ignorance.
'Pas de bruit', répète-t-elle en silence.

Alors que Mama commence à ranger
Sa partition,
Je lui dis :
    'Non, Mama, chante doucement,
    Pour moi seulement.'

Et je m'assieds sur le bord de la cuisinière
Pour l'écouter chanter Rosina, voix haut perchée,
Et je me rappelle Mama comme elle l'était,
Pulsante, puissante,
Poumons capables de pulvériser du cristal.
C'était avant que Tato ne parte.
Avant Coventry.

Chaque soir, on entend des gens pas bien,
Qui insultent le Christ et
    Tous les saints du paradis.
Mama fait un signe de croix,
Répand de l'eau bénite dans toute la chambre,
Insiste pour que je dise mes prières,
Ce que je fais,
Cachée sous l'édredon en plumes,
Dans l'espoir que Dieu m'entende,
Ici,
À Coventry.

Avant l'Angleterre

Mama a balancé une tasse pleine de café
        Contre le mur.
Tato a crié :
'T'es folle ?
T'es folle ou quoi ?'

Babcia a ramassé les morceaux,
Comme d'habitude,
Et épongé le café.

Mama a foncé à la cuisine,
À grandes enjambées,
        Pour faire du pain.

Tato a monté le son de la télé.

J'avais deux parents à ce moment-là,
Mais je ne pouvais pas être en même temps
  à deux endroits,
Alors je suis restée assise avec Babcia,
Loin des deux à la fois.

Mama m'a montré le message de Tato
Le jour où il a disparu.
Ola, je suis parti pour l'Angleterre.

C'est tout ce qu'il a écrit.

Je n'ai eu droit à aucun message.

Et il n'a pas parlé de moi dans celui de Mama.

Mama a pleuré deux années entières.
Et Babcia tout ce temps l'a soutenue.
Moi, je n'ai pas pleuré, alors que Tato m'avait oubliée,
Alors que j'aurais eu le droit de pleurer.

Babcia a dit : 'Ce n'est pas toi qu'il a laissée, Kasienka',
Mais c'est faux.

Parce qu'il ne m'a pas emmenée avec lui.

Ce qu'elle voulait dire c'était '*Tiens-toi bien,*
Je m'occupe de ta mère'.

Et puis un chèque est arrivé de la part de Tato,
Dans une enveloppe,
Avec un tampon très net sur le timbre,
Et Mama a su quoi faire.

Maintenant on partage un lit humide
Dans un endroit qu'on ne connaît pas.

Mama pleure toujours.
Mais Babcia n'est pas là pour la soutenir,
Et mes bras à moi sont trop petits pour ça.

Pluie

Il pleut sans cesse.

Pluie.
Pluie.
Pluie.
Jour.
Et.
Nuit.

L'humidité se loge
Dans mes genoux, dans mes phalanges.

Et je n'ai pas de chaussures en caoutchouc
Ni de bottes de pluie.
Alors je vais à l'école en après-skis
Pour garder les pieds au sec.

Les autres enfants me regardent de travers.

Mais je n'en ai rien à faire.

Au moins, j'ai les pieds au sec.

Mama dit : 'Ne t'inquiète pas, Kasienka,
Ici aussi l'été viendra.'

Mais ça je n'en suis pas
Tout à fait sûre.

Natation

Mama paie,
Avec réticence :
Elle enfonce deux pièces
Dans le creux de ma main,
Comme on confie un secret.

Tato m'a appris à nager,
À être forte.
Pas la peine de râler,
De froncer le nez,
De pleurer – comme une fille –
Tato, ça ne lui faisait rien.

'Pousse avec tes jambes
Depuis la hanche,
Pas avec le pied.
Maintenant avance
Vers moi,
Avec les bras.'

Après la natation, Tato
M'achetait une glace :
À la myrtille, dans un pot,
'Pour ma championne'.

Il est hors de question que je
Patauge, que je fasse la planche dans la piscine.

Je suis là pour travailler dur.
Faire des longueurs.
Une longueur,
Deux longueurs,
Trois longueurs,
Quatre longueurs,
La puissance de mon corps,
Flexible, fluide,
Me propulse en avant
Comme un projectile
Lancé d'une catapulte.

Un type de mon collège est là,
Un quatrième,
Je crois.

Il est assis au bout du plongeoir,
Il me regarde.
Cinq longueurs,
Six longueurs,
Sept longueurs,
Huit longueurs,
Et quand j'arrive juste en dessous de lui,
Au bout du grand bain,
Il se lève, étend les bras,
Et, comme un épervier en chasse,
Plonge dans l'eau
Sans effort.

Remonté à la surface, il flotte,
M'observe à nouveau.
Alors je nage vite,
Plus vite que son regard, pour lui échapper,
Pour que Tato soit fier,
Même si aujourd'hui il n'y aura pas
De glace à la myrtille
Pour moi.

Je ne connais pas le type du plongeoir,
Ce garçon-épervier au regard perçant.
Mais il est en quatrième.

Et il est plus âgé que moi.

Soirée

Une affiche dans la classe
Annonce une fête.
Une soirée dansante.
Pour les sixième.

Tout le monde est surexcité.
Tout le monde va y aller.
Tout le monde sauf moi.

Pour trois raisons :
J'ai douze ans.
Presque treize.
Pas onze.

Tromperie

Au centre commercial
Il y a un magasin où
Chaque produit coûte une livre.

Tout dans ce magasin
Coûte
Une livre.
Juste une livre.

Il y a des sacs de chocolats qui coûtent une livre.
Et des décorations d'Halloween orange.
Des ailes de fées,
Des accessoires de cricket.
C'est incroyable :
Tout coûte une livre !

Mama prend une boîte,
La tourne et la retourne entre ses mains.
Elle coûte juste une livre.
Mais après l'avoir inspectée, Mama
La remet en place, lentement,
Et va à la caisse
Payer mes chaussettes et mes culottes.
C'est une boîte de maquillage –
Des crèmes, des poudres colorées,
Pour les yeux et les lèvres et les joues.

Dans ma poche j'ai un billet de cinq livres
Que Babcia m'a donné
Avant de partir.
Et je voudrais acheter à Mama
Cette grosse boîte de maquillage
Qu'elle ne peut pas se permettre
Ou m'acheter moi-même mes propres chaussettes.

Mais je veux aussi garder les cinq livres.

Je les veux pour moi. Encore plus que
Pour elle.

Dans ma poche de manteau je serre le billet,
Poing fermé.

'Très bien, Kasienka', dit Mama.

Mama dit 'Très bien, Kasienka'
Tous les jours.

Même quand je ne me conduis pas
Très bien.

Carte routière

Mama a trouvé une carte
Dans un magasin qui s'appelle
Emmaüs.
Elle dit :
    'Tato est quelque part dans cette ville,
    Et nous allons le retrouver.'
Elle parle comme un officier
Qui donne des ordres à ses soldats.
Elle oublie qu'on est juste elle et moi,
Et que je ne suis pas forcément d'accord pour m'engager.

Elle déplie la carte
Sur le plancher,
Pour préparer un plan d'attaque,
La lisse consciencieusement,
Et dit :
    'Là, c'est où on habite.'
Et pointe du bout d'un crayon
Un endroit vide.
    'Quelle chance,
    Kasienka, mon amour.
    Si près de Tato.
    Il est *là*. Quelque part.'

Mama relève la tête et j'applaudis doucement,
J'applaudis faussement son projet,

Mais mon estomac se noue dès que je me demande
Et qu'est-ce qui se passera si on le retrouve ?

Mama agite le crayon au-dessus de la carte,
Et il frémit dans les airs,
Comme son cœur à elle peut-être frémit
À chaque fois qu'elle pense à Tato.

J'aimerais que mon cœur aussi frémisse
          Quand je pense à lui.

Ou à quiconque.

Mais pas le moindre frémissement de mon côté.
Peut-être que mon cœur est déjà trop glacé.

L'Odyssée

I

Mama me force à frapper, alors
Je m'avance
Et je donne un petit coup –
Un seul.

Mais quand Mama grommelle
Je frappe à nouveau.
Une fois.
Deux fois.
Plus fort,
Une troisième fois.

Un gros bonhomme en marcel ouvre la porte.
Il secoue la tête, agite un index.
'Non, grogne-t-il. Quoi que ce soit, c'est non.'

Mama me pousse du doigt,
M'oblige à avancer,
Armée de mon anglais.

'Nous cherchons un homme.'
C'est tout ce que j'arrive à articuler,
Parce que je suis fascinée par les mamelons boursouflés
Qui dépassent des trous dans le marcel.

'J'ai l'air d'une tapette, d'après vous ?
Ouste ! Allez, dehors !'
Il nous claque la porte
Au nez.
    Une seule fois.
    FORT.

'C'est quoi une tapette, Mama ?' je demande.

'Quelqu'un qui loue des appartements', répond Mama,
Très sûre de son anglais.

II

La vieille dame voudrait bien nous aider,
Elle a l'air désolée
De ne pas en savoir davantage,
Elle nous promet qu'elle demandera à ses amies
Au club de bingo ce mardi
Si elles ont vu Tato.

Son visage se penche sur le côté,
Lourd de regrets,
Et soudain je me sens

Toute petite.

III

Pas de réponse
À la maison suivante,
Juste des rideaux tirés
Et une porte en bois fermée
Dont la peinture s'écaille.

IV

La nuit tombe.
Je veux rentrer à la maison.
'Encore une rue, Kasienka,
Et puis on rentre. Je ferai du bigos', dit-elle.
Mais Mama ne comprend pas.
Quand je dis *à la maison*, je ne veux pas dire
Au Studio.

V

Elle est trop fatiguée pour cuisiner du bigos,
Alors à la va-vite elle prépare des sandwichs au fromage
Pour le dîner.
Puis elle déplie sa carte
Et marque les rues qu'on a quadrillées.
'Ça pourrait nous prendre l'éternité', je grogne,
Mais pas trop fort,
Pour ne pas éveiller la mauvaise humeur de Mama.

'Tu as d'autres choses à faire ?'
Demande Mama
Et retourne à sa carte,
Me laissant à mon pessimisme et à
Mes devoirs d'espagnol.

Kanoro

Kanoro vit dans notre immeuble.
Dans la chambre à côté.
Il partage la salle de bains avec Mama et moi.
Mais ce n'est pas une mauvaise personne :
        Il est sublime.

C'est l'homme le plus noir que j'aie jamais rencontré.
        Sa peau est comme
        De l'encre mouillée.
Au début ça m'a fait peur,
        Et puis il a souri :
        Un sourire rose,
        Tout en gencives,
Un sourire qui fait scintiller ses yeux.

Au Kenya, il était docteur.
'Pour les enfants', explique-t-il.
Et à nouveau ce sourire,
        Ces gencives,
        Ce scintillement.
À Coventry il fait des ménages
Dans un hôpital,
Comme Mama.
'J'aime bien travailler dans les hôpitaux', dit Kanoro.
Mama rit :
        'Ils pensent que vous n'êtes rien,
Ces réceptionnistes et ces portiers,

Mais vous êtes bien au-dessus d'eux,
Vous êtes docteur,
Et ils ne le savent pas,
Ces ignorants d'Anglais.'

Kanoro secoue la tête
Et comme une étoile à l'aurore
Le scintillement disparaît.
'C'est Kanoro qui serait ignorant,
S'il pensait être au-dessus d'eux.
Il y a de la dignité en tout', dit-il.

Mama fronce le nez, puis sourit,
Et dans son sourire il y a
Un éclat d'encre.

Quand je retourne nager

Le garçon au regard fixe est là,
Assis sur les carreaux,
Les pieds dans l'eau,
        Flic-floc.

Je me dépêche d'aller à l'autre bout de la piscine,
        Tête baissée,
        Bras croisés sur ma poitrine,
        Vite, plonger,
        Me sauver.

Mais je ne sais pas pourquoi, je trébuche
                        Et je tombe,
En un gigantesque

        SPLASH

Qui attire beaucoup trop l'attention.

Erreur

Quand Mama a dit :
'On va en Angleterre',

Je ne pensais pas que je me retrouverais

Seule.

Je savais que je serais différente,
Étrangère.
Je savais que je ne comprendrais
Pas tout.

Mais je pensais que peut-être je serais exotique,

Comme parmi les écureuils gris un écureuil roux,

Comme une Anglaise le serait à Gdansk.

Mais je ne suis pas une Anglaise à Gdansk,
Je suis une Polonaise à Coventry.

Et ce n'est pas la même chose
Du tout.

Travail de groupe

On est cinq étrangers dans la classe,
Et comme c'est bizarre :
Par une parfaite coïncidence
Les profs ne nous mettent jamais
Ensemble pour les activités en groupe.

Les nuls sont répartis
Équitablement dans chaque groupe,
Il ne faudrait pas désavantager
Une équipe en particulier.

On n'est pas les seuls :
Les super doués non plus
Ne se retrouvent jamais ensemble,
Ni les débiles d'ailleurs,
Ou ceux qui sont trop dissipés.

Les profs ne sont pas bêtes.
Mais peut-être qu'ils pensent que nous, on l'est,
Quand ils font semblant de nous répartir
Dans les groupes au hasard.

Et ceux qui nous laissent choisir
Font l'erreur de penser
Que chacun trouvera sa place.

Mais il reste toujours
Un ou deux d'entre nous,
Qui attendent assis là,
          Le regard désolé,
Dans l'espoir que d'autres laissés-de-côté
Acceptent de les accueillir
Dans leur groupe encore incomplet,
Jusqu'à ce que le prof ne se retourne,
Et, détectant l'exclusion,
Agite l'index, en disant :
          '*Toi* ! Va travailler avec ceux-là, là-bas !'

Ceux-là lèvent les yeux au ciel, décalent leurs chaises,
Et on marche vers eux,
Pas voulus, mal-aimés,
Comme de vieilles bottes échouées
Sur le bord d'une rivière.

William

Le type de la piscine,
Le type de quatrième,
        Celui qui me regarde,
S'appelle William.

Il me dit que je gère grave comme nageuse,
Que je devrais être dans l'équipe du collège.

Je ne savais pas qu'il y avait une équipe,
Mais je devrais en faire partie,
        Dit William.
Je gère grave,
        Dit William,

Dégageant de ses yeux
        Une mèche de cheveux,
        Remontant son pantalon
Qui glisse sur ses hanches.

Il ne dit pas grand-chose de plus –
        Il me regarde juste,
Et ce regard fait remonter mon dîner
Vers ma gorge :
Haricots verts, bacon.
Je déglutis rapidement,
Et dans mon anglais je baragouine

Que j'ai douze ans,
Presque treize,
Au cas où il ne serait pas au courant.

Quand je lui parle, il me regarde
Comme si j'étais géniale
Et puis il dit :
'Mais alors pourquoi t'es en sixième ?'
Et je ne veux pas qu'il croie
Que je suis débile, alors je suis obligée de dire :
'C'est parce que je suis polonaise.
Je suis en sixième parce que
Je suis polonaise.'

C'est la vérité
Mais juste
Un petit bout
De la vérité.

Petits secrets

Je parle à Mama de l'équipe de natation
Mais pas de William.

'Pas le temps pour ça, Kasienka,
Dit Mama. On doit trouver Tato.'
Elle montre la carte punaisée au mur
Comme une mauvaise peinture.

Je hoche la tête, *oui, oui*, alors que je ne veux pas
    chercher Tato ;
Tato ne veut pas qu'on le trouve,
Il se cache – il se cache de nous deux,
C'est la vérité, ça me fait grincer des dents,
Mais je ne le dis pas à Mama.
Même quand on cherche,
Soirée après soirée,
            Rue après rue,
                        Une porte après l'autre,
                                    Et qu'il pleut,
                                                Et que j'ai envie de manger,
                                                            De pleurer,
                                                            De dormir.
Parce que Mama n'a que cet espoir-là,
Et je ne peux pas lui prendre ça.

Goutte à goutte

Un robinet fuit dans la cuisine,
dans notre chambre, là où on dort.

Toute la nuit l'eau tambourine
dans l'évier d'acier,
Et les murmures de Mama
adoptent son rythme.

Je voudrais sortir du lit, resserrer le robinet,
arrêter la fuite – ce goutte à goutte.
C'est dans des moments comme ça que ce serait utile d'avoir Tato.
Il aurait une boîte à outils
Et il n'aurait pas peur de réveiller Mama
pour réparer ce robinet,
même si ça la faisait grommeler.

L'heure du repas

Les piments dont il épice ses plats
Viennent assaisonner notre dîner
          À travers les murs.

Mama invite Kanoro
À manger avec nous,
À partager nos soirées.
Parfois il apporte son riz parfumé
          avec lui.
Et toujours il apporte son sourire,

          Son regard qui scintille.

Avis de recherche

Maman gaspille l'argent
Qu'on n'a pas.
Elle imprime des affiches
Avec la photo de Tato
Et les mots AVIS DE RECHERCHE.

Elle en fait tirer cent exemplaires
Sur du papier violet,
Pour que les gens les remarquent,
Accrochés aux arbres
Dans tout Coventry.

On dirait des affiches de police,
Mais Tato n'est pas un criminel.
On dirait ces affiches que mettent les gens
Quand ils ont perdu leur chat,
Mais Tato n'est pas un animal.

Je suis gênée pour lui,
Au cas où il habiterait vraiment à Coventry.
Peut-être qu'il ne veut pas qu'on le retrouve
Comme un criminel ou un animal.

Quand on a accroché
        la moitié des affiches
Je dis à Mama
        ça suffit.

Sa bouche se raidit.
Elle attrape la pile de papiers que je transporte.

'Kasienka, tu es au courant
Que tu es une bonne à rien ?' dit-elle sèchement.

La réponse à cette question est
OUI :
Je sais.
Je suis une bonne à rien.

Examens

Ils ont trouvé une manière
Polie de dire qu'on est un peu lents,
Mais ça veut dire la même chose :

J'ai droit à du temps supplémentaire parce que
Je suis une *élève à besoins éducatifs spécifiques.*

Personne ne veut avoir des besoins spécifiques au collège.
Je voudrais juste être comme tout le monde.
Personne ne veut être traité différemment.

Pour l'examen de maths je n'ai pas besoin du temps
supplémentaire,
Le terminer c'est aussi facile que de
Finir une barquette de framboises.
Il me reste une heure,
Ça agace l'examinateur
Qui corrige un tas de copies en nous surveillant.
'Relis-toi mieux', ronchonne-t-il.
Mais je ne le fais pas.

Je n'ai pas besoin de relire
Quoi que ce soit.

Parce que je n'ai pas de besoins éducatifs spécifiques.

Et je n'ai pas onze ans.

Débutant

J'apprends à Kanoro à jouer aux échecs.
Il ne sait même pas
Où vont les pièces.

Alors on prend notre temps
Pour installer le plateau,
Pour jouer chaque coup,
On vérifie qu'on ne fait pas d'erreur,
Et on ne regarde jamais l'heure.

On a tous les deux un esprit de compétition
Très développé.
Mais on reste beaux joueurs.

Kanoro gagne la troisième partie –
          Échec et mat.
Il rit, sa bouche comme une grande
Caverne ensoleillée.

Et Mama rit aussi,
Les lèvres à peine desserrées,
Ce sont ses narines qui le révèlent,
Et ses yeux, libérés,
Un instant,
De leur tristesse,

Semblent me voir
Vraiment.

Mama propose de sauver
L'honneur de la famille –
Elle prend ma place,
Aligne ses troupes.

'J'ai de la chance', dit Kanoro.
Il regarde fixement les carreaux
Sur le plateau d'échecs,

Et je ne sais pas s'il parle
De sa victoire

Ou de tout autre chose encore.

Noël

Voilà Babcia, deux lourdes valises à la traîne,
Alors qu'elle ne reste qu'une seule semaine.

Elle n'aime pas Coventry,
                    pas du tout :
Ce n'est pas l'hiver, il ne fait pas assez froid,
Et personne ne parle polonais ici.
'Pourquoi ne font-ils pas l'effort ?' bêle Babcia.

Mama brandit l'index.
'Et toi ? Tu ne parles pas anglais, Mama.
Juste un peu de russe.
Pourquoi tu ne ferais pas l'effort, toi ?'

Babcia renifle –
        'Moi, je suis une vieille dame', dit-elle,
        et Mama sourit.

Babcia dit à Mama de rentrer à la maison.
'On ira aux concerts du Nouvel An.
On ira skier.'
Mama lui tourne le dos,
Continue à cuisiner.
Babcia chantonne tout en cousant ;
Ses doigts calleux comme des racines guident le fil.
Elle marie ensemble des carrés de tissus,
Métamorphose en couverture des vieilles chemises ;

Babcia ensorcelle du bout de son aiguille
Les vêtements dont personne ne veut plus.

Kanoro vient dîner
Le soir de Noël
Et Babcia s'écrie –
'Mais qu'il est noir !'
                    en polonais bien sûr.
Mama fronce les sourcils. On s'assied pour manger.

On chante des cantiques,
On mange du jambon cuit,
On ouvre des paquets
Noués par des rubans,

Et on est bien, ensemble.

La Mama de Mama

En Pologne, Mama et Babcia
Ne se disputaient pas. Elles étaient du
Même côté.
Le côté opposé
À Tato.

En Angleterre, Mama se hérisse
Dès que Babcia
Mentionne Tato
Ou dit du mal de lui.
Mama se hérisse pour
Beaucoup de choses.
Elle ne laisse pas Babcia
L'aider dans la cuisine
À préparer les plats,
Elle ne la laisse pas
Réparer les rideaux effilochés
Ou m'accompagner acheter
De nouvelles lunettes de piscine.
'C'est ma fille à moi.
Je peux très bien lui acheter ce dont elle a besoin',
Dit Mama, même si c'est un mensonge.
Mama s'énerve tout le temps contre Babcia,
Alors qu'elle n'a rien fait de mal, Babcia,
D'après moi.

La veille du départ de Babcia,
Je suis dans la chambre de Kanoro,
On regarde la télévision,
Quand soudain la dispute traverse les murs.

'Pense à la petite, Ola.
Reviens en Pologne
Quand tu l'auras retrouvé, toi.
Mais ce n'est pas juste d'imposer
ça
À la petite.
Laisse-moi l'emmener.'

'C'est ici sa maison, avec moi, Mama.
J'arrive parfaitement à m'occuper d'elle. Tu ne vois pas
À quel point elle est heureuse ici ?'

'Espèce de tête de mule, ouvre les
yeux !
Vous habitez dans une décharge
publique.
Son seul ami c'est ce grand Noir.'

'C'est quelqu'un de bien.'

'Tu ne le connais pas.'

'Il est docteur.'

'Quelle tête de cochon tu fais !'

'Mieux vaut être têtue comme un cochon, Mama,
Que d'être vieille,
Et ignorante.'

'Seigneur, aie pitié de nous !'

Je darde vers Kanoro un regard
Gêné,
Je voudrais qu'il n'ait rien entendu,
Que les murs soient plus épais,
Et puis je me souviens qu'il ne
Comprend pas le polonais.
Tant mieux. Mais

Je ne veux pas retourner
dans la chambre.
Je ne veux pas choisir

Entre Mama

Et Babcia.

Quand le dîner est servi,
Mama frappe au mur, comme toujours,
Et dans la chambre
Il ne reste rien de la dispute.

Elles font très bien semblant
De s'entendre à merveille.

Repas de neige

Il paraît qu'il va neiger. Quand j'apprends ça,
Je vais me poster à la fenêtre,
Le bout des doigts
Contre la vitre.
J'attends.

C'est un peu bébé, je sais,
Mais je voudrais tellement
Faire un bonhomme de neige,
            Des boutons à la place des yeux,
Une carotte à la place du nez.

Kanoro attend à mes côtés ;
Il n'a jamais vu la neige,
Jamais fait de bonhomme de neige,
Alors on le fera
            Ensemble –
Et tant que le bonhomme vivra, quelques heures
    à peine,
Il me rappellera la maison en Pologne.

Il paraît qu'il va neiger. Quand j'apprends ça,
On va se poster à la fenêtre,
Le bout de nos doigts
Contre la vitre,
On attend.

Et soudain un essaim d'enfants
Jaillit de quelque part, et ils dansent
Tous ensemble dans le silence
De l'avenue.

Dégringolade de flocons
Qui disparaissent sur le béton,
Comme des cailloux dans un lac.

Kanoro me prend par la manche.
'Descendons ! Il neige !' dit-il.

Même si on récupérait
Tout ce qui est tombé
Dans l'avenue,
On n'aurait même pas assez
Pour un seul doigt de pied
De bonhomme de neige.

Kanoro va vite chercher
Dans sa chambre
Un bon manteau de laine,
Mais pas besoin :
Aucune chance que la neige tienne.

Dehors Kanoro ouvre la bouche
Pour goûter les flocons.
Je fais pareil.

Une poussière glacée emplit ma bouche
De souvenirs
D'hiver.

On contemple le ciel nocturne.
On mange notre repas de neige.

Changement

Mes examens ont été corrigés
Pendant les vacances
Et Mrs Warren reconnaît son erreur :
Je suis admise en cinquième,
Où j'aurais dû être
Depuis le début.

À nouveau,
Personne ne me parle.
            Absolument personne.

Alors je m'installe
            Seule
Au premier rang
Et je m'efforce de suivre les cours.
Les profs ont l'air de s'ennuyer,
Ils n'ont même pas remarqué
Mon arrivée.

Le matin dans le préau où tout le collège est assemblé
Pour écouter parler le proviseur,
Je repère William. Il opine, salut discret,
Puis va s'asseoir de l'autre côté,
Près d'un mec avec de grandes dents
Et du duvet sous le nez.
Alors je fais semblant pendant toute l'heure
De ne pas le regarder.

Agression

En cours de physique, Clair me montre
Son portable, plus particulièrement
Une vidéo
        De l'agression
        D'un garçon
        Sous un abribus.

Cette agression, ce n'est
Pas pour lui voler son argent.
Pas pour une histoire de vengeance.
Pas même pour se rendre intéressant.
C'est juste une agression pour rigoler :
Juste pour voir quelqu'un
Souffrir
        De se faire tabasser.

Je lève les yeux et je ricane,
Sans grande conviction,
Et Clair d'un air d'approbation
Me promet :
'Je te l'enverrai',
Puis passe le téléphone au rang derrière,
        Pour qu'eux aussi
Profitent
Du spectacle.

Je ne lui précise pas
Que je n'ai pas de portable.

Sport

On forme les équipes et je ne suis pas la dernière
À rester assise par terre, parce que Clair me choisit.

Clair me choisit en troisième sur six filles
Et je suis dans son équipe de baseball.

J'attrape, je cours, je frappe,
Et elle s'écrie : 'Vas-y, Cassie, vas-y !'

Et après, dans les vestiaires,
Elle dit : 'L'autre équipe était merdique !'

Et moi je n'étais pas dans l'autre équipe.

Flash info à la radio

Un ouvrier croate a été attaqué
la nuit dernière à Birmingham
avec son propre marteau
alors qu'il rentrait chez lui...

Trois jeunes de quatorze ans
sont en garde à vue en attente d'un procès...

Des témoins rapportent que les agresseurs
ont hurlé : 'Rends-nous notre travail, sale Polonais !'
avant de lui assener
le maillet sur le crâne...

Le père de famille de trente ans, originaire de Moseley,
est en ce moment en réanimation à l'hôpital de Birmingham,
où sa situation reste critique mais stable...

Mama met un morceau de
Pomme de terre dans sa bouche
Mais ne mâche pas.
Kanoro lui jette un regard
Lourd de sens.
Mais c'est quoi, en fait, un regard lourd de sens,
Quand on y pense ?

Remise des prix

Deux heures à honorer les plus brillants que nous,
À les regarder parader sur la scène vernie,
À les regarder recevoir prix
après prix.

Mama est assise parmi les autres parents,
Perplexe, parce que personne ne m'appelle
Pour recevoir une médaille ou un trophée.
Pas même le moindre certificat à accrocher
Au frigo avec un aimant.

Clair à côté de moi
Déchiquette le programme,
Ricane quand d'autres personnes gagnent,
Et bougonne au lieu d'applaudir.

Il y a des prix pour le sport.
William gagne une médaille – une médaille d'or –
En natation
et, quand il s'assied,
Il fait passer la médaille le long
Du rang, pour que je puisse la toucher.

La jalousie m'éperonne, me donne la nausée,
Et puis mon estomac se tord de honte
Parce que William a l'air tellement fier,
Et il est si gentil :

Il mérite cette médaille.

Je la renvoie dans le rang,
Et Clair se tourne vers moi et me demande :
'T'es amie avec Will ?'
Je hausse les épaules.
Je ne sais pas si on peut dire qu'on est
Amis.

Quand tout s'achève, tout le monde se lève,
En ordre dispersé,
Et on chante le *God Save the Queen*.

Je ne connais pas les paroles.
Je reste là à ouvrir et à fermer
La bouche, le regard droit,
Et j'espère que personne ne remarquera
Que je trahis la patrie.

N'importe qui d'autre

C'est moi qui cours le plus vite dans la classe.
Je ne dis pas ça pour me vanter, c'est la vérité :
Quand je suis dans une équipe,
                    On gagne.

Mais Clair ne me choisit plus.
Son regard m'esquive,
                    Me passe à travers,
Et vogue en direction de n'importe qui d'autre.

Au lieu de me choisir
Elle choisit Bella,
        qui refuse d'être à la batte parce qu'elle a
          ses règles,
Ou Rachel,
        qui ne peut pas courir parce qu'elle a oublié
          ses baskets.

Elle choisit des filles qui ne vont rien attraper,
                qui ne vont pas courir
                qui ne vont pas sauter
Parce que
Trop la flemme.

Quand je suis la dernière à rester plantée là
Clair n'a pas le choix.
Obligée de me prendre.

Je me retrouve dans son équipe,
Je sais que ça l'énerve
Profondément,
Je la vois lever les yeux au ciel,
Et murmurer à l'oreille de Marie
Des choses que je n'entends pas.

Mais elle veut que je la voie murmurer,
Évidemment.

Quand on joue elle m'oblige à rester
De l'autre côté du terrain,
Tout au bout
Près des buissons,
Là où la balle
Ne tombe jamais.
Et quand c'est à moi d'être à la batte
Plus personne ne m'encourage.
Plus personne n'applaudit quand on marque des points.
C'est seulement quand la balle
Rate sa cible
Qu'elles sont contentes.

Mystère

Le pire c'est que
Je ne sais même pas
Ce que j'ai fait de mal.

Et en plus on dirait
Que je suis censée savoir
Ce que j'ai fait de mal
Pour me rattraper.

Clair dit : 'C'est rien, t'inquiète pas.'
Mais bien sûr que je m'inquiète.
Comment ça pourrait être *rien*
Quand elle me traite comme ça ?

Laisser pousser

Les filles en Angleterre
Ont les cheveux longs.
Les cheveux lisses.
Des cheveux qui caressent
Doucement leurs épaules.

Mes cheveux à moi sont courts,
Noirs,
Ils se dressent
Le matin
Comme une toque de fourrure.

Les filles de ma classe
Ont enfin commencé à me parler.
Et Clair m'interroge sur mes cheveux.
Pourquoi ils sont si courts ?

'C'est parce que t'es lesbienne ?'
Veut-elle savoir.

C'est vrai que même
Certains garçons
Ont des cheveux plus longs.

Alors je décide de les laisser pousser,
D'y accrocher une fleur,

Pour ne plus
Avoir l'air
D'une lesbienne
Polonaise.

Tout faux

Aujourd'hui on m'a dit
Que j'ai pas le bon sac.
Aujourd'hui on m'a dit
Qu'il a l'air *ridicule*.

J'ai bien examiné
Ce sac si criminel.

C'est un cartable normal
Pour les livres d'école,
Avec des petites poches
Pour les petits objets.

Aujourd'hui on m'a dit
Que j'avais *tout faux*.

Je voudrais tellement savoir
Ce qui ne va pas.
Je suis au désespoir.
Je ne comprends pas.

Karma

Si j'étais encore à Gdansk, moi non plus je ne serais pas
Amie avec une nouvelle.
Si j'avais encore Magdalena
Sur qui copier mes devoirs,
À côté de qui m'asseoir
À la cantine, alors oui, moi aussi,
Je snoberais la nouvelle,
Comme on avait snobé Aleksandra, qui s'asseyait
Juste assez loin
Pour rester discrète, juste assez près
Pour qu'on l'invite à venir à nos côtés.

Mais nous on l'a juste ignorée.

On jouait au tennis, on faisait semblant de ne pas
 s'apercevoir
Qu'elle était là avec sa raquette,
En short à petites poches, toute prête.
Pourquoi on l'a traitée comme ça ?

On n'était pas méchantes avec elle.
On ne la regardait pas en ricanant, en chuchotant,
On ne l'évitait pas comme si elle était sale.

On l'a juste ignorée.

Si j'étais dans l'équipe de natation

Parfois j'ai envie d'arracher mes vêtements,
Pour leur montrer à tous
Que je suis pareille qu'eux,
 Dessous.
 Voire mieux.

Quoi que je porte,
J'ai toujours l'air différente.
Mes vêtements sont trop épais –
Ça, je le sais.
Je n'ai pas de style,
Je ne vois jamais ce qui cloche chez moi.

Si j'étais dans l'équipe de natation
Je porterais un maillot
Comme tout le monde.
Plus de peau que de tissu.

Si j'étais dans l'équipe de natation,
Peut-être qu'on me verrait.

Ma fête

Alors que je me démêle d'un sommeil froid,
Mama me tend une boîte
Emballée dans du papier bleu étoilé ;
        Une étiquette dessus dit
Kasienka
De l'écriture nette de Mama.

Assise sur le lit
Je déchire le papier.

Mama s'écrie : 'Un fer rien que pour toi !'

Je voudrais ne jamais ouvrir la boîte.
Envie de pleurer.

Un fer rien qu'à moi ? Mais pourquoi ?
        On en a déjà un, qui fuit,
        comme le robinet
        de la cuisine.

Mais quand j'extirpe la boîte de son papier,
Je comprends l'erreur de Mama – ou la mienne –
C'est un fer… à cheveux.
'Un fer à lisser',
Dis-je, et je suis vraiment heureuse.
Je lis à voix haute les mots sur la boîte :
        Plaques en céramique.

Mama hausse les épaules, et moi aussi.
On ne sait pas si c'est bien, *plaques en céramique*,
    Mais ça en a l'air,
    Surtout écrit comme ça, en gras, en majuscules.

Un peu plus tard, après avoir mangé des golabki tout frais,
Après m'être lissé les cheveux,
Mama, Kanoro et moi allons au cinéma.
On se goinfre de pop-corn au caramel.
    On se gave d'orangeade.

On est au premier rang, moi au milieu,
Un grand sourire aux lèvres, pendant toute la séance,
Alors qu'il est triste, ce film.

La chasse

Pas besoin de me dire
            Quoi que ce soit.
Je les vois
Regarder mes cheveux
Je sais
Qu'ils ne sont pas assez
Longs pour les impressionner,
Même s'ils sont raides
Comme les poils d'un pinceau.

Clair confirme : ils ne sont
Toujours pas assez longs.
J'ai toujours l'air d'une gouine.

'T'es gouine ?'

Un mot apparaît dans mon casier.

Juste un truc : tu pues la viande pourrie.

Je cours aux toilettes pour sentir
Mon odeur. Mais pas le temps –
Clair et Marie viennent d'entrer elles aussi,
Et avec elles d'autres filles encore.
'Ça sent bizarre ici, vous trouvez pas ?'
Demande Clair,

Et Marie se bouche le nez,
Et toutes les autres filles aussi.

Elles m'ont pourchassée,
Impossible de s'échapper,
Elles aboient et reniflent,
Se bousculent pour s'approcher de Clair,
Se couvrent la bouche
Pour étouffer leur rire.

Je suis une renarde entourée d'une meute,
Elles vont me dévorer et recracher la graisse.

Je suis leur proie. Un jour ou l'autre,
Elles se jetteront sur moi.

Peut-être

Adossée aux casiers,
Une paille entre les lèvres,
Clair fait semblant de ne pas
Me voir, parce qu'elle est
            Seule –
Sans sa meute.

Je ferme brutalement mon casier
Dans un grand
            CLANG
Et elle tressaute un instant,
Puis se tourne vers moi,
Appareil dentaire en gros plan.

'Coucou, Cassie !' dit-elle,
Cligne de l'œil.

C'est tout.
Je me demande si
Ça signifie
Qu'on est amies.

Cours d'arts plastiques

Une ombre sur mon papier Canson,
Puis une voix chaleureuse : 'C'est très joli, Cassie.'
Arlene dépose son dessin près du mien.
Elle est toute fine, de grandes lunettes lui mangent
la moitié du visage.

L'une à côté de l'autre, on écrabouille
Du bout du pouce la poussière des pastels,
Nature morte au panier de courgettes.
Et je me dis : peut-être que c'est elle,
L'amie que j'ai tellement
Attendue.

Mais Clair nous suit, me traque jusqu'à l'évier
Où les couleurs dégoulinent
De nos mains.

'C'est vrai ce que t'as dit sur Arlene ?'

Je dévisage Clair,
Trop interloquée pour protester.
Arlene me jette un regard de côté.
Elle s'essuie les mains sur son pantalon
Et s'éloigne
Des dangers de l'amitié.

‘Arlene est un peu trop sensible’,
Susurre Clair, qui s’échappe à son tour.

Rien de plus.

Dans l’évier les couleurs ont disparu.
L’eau s’écoule, transparente.

Pas seule

William vient me trouver à la cantine.
Il s'avance vers ma table, pose son plateau,
S'assied.

Il fait des bruits quand il boit et il rote
Et il s'essuie la bouche sur sa manche
Et il me regarde sans ciller.

Des mecs de quatrième nous observent
De l'autre côté de la cantine.
Ils font des signes, ils font
De gros rires gras.
'Mes potes, dit William,
Sont débiles.'

Et puis : 'T'es toujours pas venue à l'entraînement.'
Je secoue la tête, sirote mon Coca.
Je sais que c'est mieux que je ne parle pas.
'Peut-être qu'on se verra à la piscine cette semaine.
Peut-être que ce jeudi t'y seras', dit-il.

Il attend que je parle.
Je hoche la tête et je
Trempe mes frites
Dans mon ketchup.

'Alors jeudi t'y seras',
Dit-il.

Sur le chemin du bâtiment des sciences il me prend
la main
et la serre doucement,
Comme au marché,
Quand on teste un fruit
Avant de l'acheter.

Puis il plonge les mains dans ses poches et il dit :
'Je te verrai à la piscine alors.
Jeudi.'

Jeudi

Dans les vestiaires
Je m'observe dans le miroir.
Je veux être sûre
D'avoir l'air normale.

Ce n'est pas gagné.
J'ai des angles aigus
Comme un meuble Ikea
Mal assemblé.

Je ne suis que lignes droites,
Aucune courbe.

Mes doigts, mes orteils sont trop longs,
Mon nez pointu, mes fesses plates.

Depuis quand je ressemble à ça ?

Je m'approche de la piscine sur la pointe des pieds,
Mon corps drapé dans une serviette.

À part un maître-nageur perché
Sur un siège qui me fait penser
À une chaise haute pour les bébés,
L'endroit est désert.

Pas de William en vue.

Je fais tomber la serviette, laisse l'eau
M'emporter.

Et j'attaque mes longueurs :
Une et
Deux et
Trois et
Quatre,
J'attends William,
Qui n'arrive jamais.
J'essaie d'oublier

Qu'il m'a laissée tomber.

Écorchures

Je suis poilue.

J'ai des poils
noirs
épais
Sous les bras,
Sur les jambes.
Entre les jambes, aussi.

Je suis poilue.

Je ne le savais pas,
Jusqu'au jour où j'ai remarqué
La peau soyeuse
Des autres femmes
À la piscine.

Je suis poilue.

Alors quand je rentre à la maison
J'escamote le rasoir de Mama
Et je me faufile dans la salle de bains
Pour remédier à ce problème.

J'appuie une jambe poilue sur le siège des toilettes
Et j'y traîne le rasoir de bas en haut.

Je crie. Très fort,
Comme si on m'assassinait.
Maman traverse le couloir au pas de course
Et tambourine à la porte :
'Qu'est-ce qui se passe, Kasienka ?'
Elle veut savoir.
Elle veut s'assurer
Que je ne suis pas en train de me faire tuer.

De petites rigoles de sang
Dégoulinent jusqu'à ma cheville.
Une flaque grossit sur le siège des toilettes.

'Ça va, Mama', je lui dis.

Les poils sont à peine rasés.
C'est ma peau qui est écorchée.

Sur la lame il y a
De la chair rose,
Aucun poil.

Quand je ressors de la salle de bains,
Je suis toujours poilue
Et tout égratignée.

Ce que dit William

Je voulais t'appeler
Mais j'avais pas ton numéro.
Si j'avais eu ton numéro
Je t'aurais appelée
Évidemment
Je te jure.

J'étais hyper malade
J'avais tellement la gerbe
J'arrivais rien à avaler.
J'arrivais pas à sortir de mon lit.
Gastro, le docteur a dit.

Enfin bref,
Si j'avais eu ton numéro
Je t'aurais appelée
Évidemment
Je te jure.

Désolé de pas être venu
À la piscine.
Sérieux, j'étais grave malade.
Mais impossible de te contacter

On refera ça une autre fois.
Je serai pas malade.
La maladie j'ai déjà donné.
Je serai là.
Je te jure.

Retour à Gdansk

Je rêve de Tato.

On est dans une gare.
Peut-être celle de
Gdansk Glowny.

Les gens autour,
Pressés, déterminés,
Foncent comme des fourmis
Sur le bord d'un bol de sucre.

Mama et moi on suit
Tato
À travers la foule.

Il se retourne pour nous regarder,
Comme pour nous encourager,
Puis tout à coup
disparaît.

Et je me réveille secouée
De sanglots silencieux.

Trouver Tato

Mama refuse d'abandonner.

Il fait froid et il bruine presque chaque nuit,
Alors Mama achète une écharpe et un parapluie,
Mais elle refuse d'abandonner.
Dès qu'une porte se referme,
Elle reporte son regard sur la suivante,
Son sourire de plus en plus épuisé,
Mais elle refuse d'abandonner.
Ses bottes auraient bien besoin de nouvelles semelles.
Comme moi, elles sont usées
D'avoir tant battu le pavé.
Alors Mama m'emprunte mes bottes à moi,
Même si elles sont un peu étroites.
Mais elle refuse d'abandonner.

Je voudrais tant que Mama abandonne.
Qu'elle arrête de me trimbaler avec elle
Comme un dictionnaire humain.

Je voudrais que Tato soit mort

Un père mort, ça n'a jamais choisi de quitter le foyer.
On peut continuer à le révérer.
On peut allumer des cierges à sa mémoire
Et veiller à ce que sa tombe soit bien entretenue.

On ne peut pas faire ça quand un père a volontairement disparu.

Questions

Kanoro est dans notre chambre,
Main dans la main avec Mama.
On dirait qu'ils sont en train de prier.

Le visage de Kanoro est mouillé,
Et ses yeux voilés,
Les étoiles comme éclipsées.

Plus tard je cherche à savoir toute l'histoire,
La raison de leur silencieuse proximité.

'Il t'a expliqué d'où vient la cicatrice sur sa joue ?'
Mama ne veut rien me raconter.
Mama dit : 'Toi et tes questions,
Toujours tes questions.'

Alors je décide, maintenant, juste à ce moment-là,
De ne plus jamais rien demander à Mama.

Et encore moins de lui raconter quoi que ce soit
De ma vie à moi.

Pas cap

C'est Marie Mullen qui vient me l'annoncer :
Si je suis d'accord pour relever
Trois défis
En trois jours,
Des défis inventés par Clair,
J'aurai le droit de m'asseoir avec
Tout le monde
À la cantine
Une semaine
À l'essai.

Je me dis que c'est une blague, alors je rigole.
Marie Mullen jette un œil derrière elle,
Elle croit que j'ai repéré un truc
Marrant.

'Quel genre de choses ?' je demande.

Marie Mullen répond : 'Je sais pas.

Pisser sur le terrain de tennis.
Demander à un mec de terminale de sortir avec toi.
Boire un litre d'huile d'olive.'

'T'as fait tout ça, toi ?'
Marie Mullen évite mon regard.

Je suis désolée pour elle,
Mais je dois décliner.

Je préfère manger toute seule toute l'année
Que de pisser sur un terrain de tennis.
Je préfère manger toute seule le reste de ma vie
Que d'obéir à Clair et à ses lubies.

C'est ce que je me dis.

J'essaie d'en parler à Mama

Et tout ce qu'elle me dit, c'est :
'C'est toujours comme ça, les filles.'

Comme si moi aussi
J'étais comme ça.

Celles qui ont pitié

Toutes les filles ne sont pas des barbares.
Il y en a qui restent à l'écart
Quand Clair s'y met.
Il y en a qui font semblant de ne rien voir,
Il y en a qui ne veulent pas s'impliquer.

Ce sont Celles Qui Ont Pitié,
Ces filles qui me jettent
Des regards désolés quand
Je suis la seule qui reste
Sans binôme en EPS.

Mais elles ont leur propre clan,
Bien établi.
Exclusif.
Ajouter quelqu'un, ce serait
Tout déranger.

Tout ça pour dire
Qu'elles ne sont pas cruelles,
Celles Qui Ont Pitié,
Mais je ne sais pas ce qui est pire :
Faire pitié ou être persécutée ?

Le coin des fumeurs

William m'emmène dans un coin de la cour.
Je remets en place mes cheveux, ma jupe,
J'attends qu'il m'embrasse.

Mais il y a beaucoup de gens là où il m'emmène,
Et de la fumée, et il ne m'embrasse pas,
Il ne s'approche même pas un peu plus près de moi.

Marie et Clair sont là,
Passent leurs doigts dans leurs longs cheveux,
Comme pour me rappeler que moi j'en ai trop peu.

William sort un paquet de cigarettes de
La poche de sa veste, m'en tend une,
Les filles pouffent et me fixent – il faut que je la fume.

C'est comme respirer de la poussière,
Celle qui tombe des tapis quand Mama les bat.

William sourit, me reprend la cigarette,
Aspire, avale, se passe la langue sur les lèvres,
Recrache la fumée par les narines,
Comme un chaman ; et il m'enchante.

Avant, quand je regardais William,
Je voyais un nageur.

Maintenant je vois un fumeur.
            Ça ne me fait pas peur.

Il parle facilement aux filles,
Parce qu'il est plus âgé, et ça,
Ça compte.

Avant qu'on reparte, Clair
Me jette un regard par-dessus son épaule,
Et embrasse William sur le coin de la bouche.

Je reste sans voix,
Jalouse au point de vouloir blesser William,
Même s'il ne l'a pas initié, ce baiser,
Je voudrais le pincer. Voire pire,
Alors je garde les bras serrés contre mon corps,
   pour éviter
De lui faire mal, ou de devoir lui tenir la main
Sur le chemin du retour
De l'autre côté de la cour.

Et puis il dit : 'On se voit toujours demain ?'
Et je lui pardonne le baiser.

Parce que même si Clair le veut pour elle,
Je crois bien que celle
Qu'il veut pour lui
C'est moi.

Si seulement je savais jouer

Je voudrais tellement savoir jouer
D'un instrument de musique compliqué,
De la clarinette peut-être,
De la flûte traversière,
Un instrument par lequel ma bouche,
Mes doigts,
Mon souffle,
Créeraient ensemble
Quelque chose de
Beau.

Je n'ai jamais embrassé un garçon,
Même si j'ai déjà vu ça
Plein de fois
À la télé,
Au cinéma,
Et que ça ne doit pas être très difficile,

Parce que les mouvements sont naturels,
Doux,

Mais moi, par nature, je ne suis pas douce,
Alors comment savoir quoi faire
Quand –
Si jamais il s'avance le visage un peu penché ?

Est-ce qu'il faudra aussi que je me penche ?

Et ma bouche ?
Ma bouche, qu'est-ce que j'en fais ? Je l'ouvre ?
Ma langue…

Oh là là.

Je n'arrive même pas à penser à ça.

Ça sera comme jouer de la clarinette sans avoir jamais pris de cours,
Il me faudra des années
Pour apprendre à embrasser.

Flotter

William est à la piscine.
Il barbote loin de moi,
Là où on a pied.
Des vaguelettes caressent ses reins

Et il me regarde
Quand je laisse tomber ma serviette verte,
Il me regarde m'enfoncer dans
L'eau protectrice.

On se retrouve au milieu
Du bassin, et puis
On fait la planche,
Et l'eau soutient nos corps.

Nos orteils tout ridés se touchent
Parfois par accident.
Parfois exprès.
Et il me semble pendant quelques instants
Que je n'ai jamais été aussi heureuse de ma vie.

Jusqu'à ce que Clair émerge des profondeurs,
Comme un monstre d'un marécage.
Et d'un sourire
Chasse le mien.

Rumeurs

Clair a envoyé un SMS à Marie,
Et maintenant Marie
Le fait passer
À tous les cinquième du collège.
Sauf à moi,
Parce que moi je n'ai pas
De téléphone.

Arlene me montre le message.
Tu devineras jamais ce que fabrique
Cassie à la piscine
Avec Will !!
La SALOPE !!!

Maintenant j'ai peur de parler à William,
Ou même de le regarder,
Au cas où tout le monde croie
Que c'est vrai.

Quand j'entre dans les vestiaires,
Toutes les filles de ma classe
Arrêtent de parler et
Croisent
Les bras,
Le regard noir.

Clair est là,
Bien entendu,
            Au milieu,
Un sourire innocent aux lèvres.

'Pourquoi tu me parles plus ?'
Me demande William à la cantine,
Les yeux rivés au sol,
Sourcils froncés.
Je n'arrive pas à lui répondre.
J'ai trop honte
Des rumeurs ;
Je voudrais qu'elles s'arrêtent.

Je voudrais qu'elles s'arrêtent
Encore plus que je voudrais
Qu'il m'embrasse.

Quand les garçons se battent

Ils sont entourés de spectateurs galvanisés
Qui veulent voir le sang couler ;
Comme des fans de foot,
Comme des hooligans,
Ils scandent :
Frappe. Frappe. Frappe.
Et personne ne les arrête.
Ça augmente simplement les ventes de billets.

Quand deux garçons se battent ils sont comme
D'énormes morses :
          Ils se rentrent dedans,
                    Craquements et claquements,
          Le visage vissé, les poings serrés,
Et ils s'arrêtent seulement
Quand il y a un gagnant,
Quand ils n'ont plus de raison de se bagarrer.

Parfois on ne peut pas aller jusque-là.
Un prof arrive : il faut les
          sé
                              parer,
Et les emmener, glorieux, ensanglantés,
Chez le proviseur,
Où on leur fait un sermon.
Ne pas se battre.

Ne pas recourir à la violence
Pour résoudre ses différends.

Pourtant ça me semble une meilleure solution
Que de chuchoter, de ricaner.

C'est peut-être ça que je devrais faire.
          Frapper Clair –
          La foutre par terre,
Et on se bagarrerait nous aussi dans la cour,
Avec tout le monde autour.

Et alors les gens sauraient
Que moi aussi je sais me battre.

Heures supplémentaires

Il y a une épidémie de grippe.
Des vieux sont malades, ils toussent, ils ont la fièvre,
Alors Mama est obligée de rester plus tard au travail,
    d'aider les infirmières
À changer les lits, à passer la serpillière
Dans les flaques de vomi, à livrer des repas.

Pendant quelques jours, bonheur !
On ne quadrille pas les rues.
Ça me fait du bien.

Mama demande à Kanoro de veiller sur moi.

On s'assied par terre dans sa chambre,
On mange de la viande dans des pitas,
On boit de grands verres de lait froid.

Kanoro me raconte des histoires
D'éléphants et de chefs de tribu,
Des mythes et des légendes
Pour s'amuser,
Pas des histoires de sa vie à lui,
            Pas des confidences.

Et pourtant moi je lui parle de William.
Je lui parle de William et de
L'effet qu'il me fait,

Et Kanoro hoche la tête comme s'il savait,
Et je rougis.

Ensuite je lui parle de Tato,
Je dégonfle le joli conte de fées
Que Mama a inventé pour tenter elle-même d'y croire.
Je déclare :
'En Pologne on a proverbe qui dit :
Est coupable celui qui s'enfuit.
J'ai peur de ce qu'on trouvera,
Kanoro, si jamais un jour on rattrape Tato.'

Et il me dit :
'Je l'ai dit à Ola, je l'ai dit à ta mère,
Ne cours pas après une personne
Qui prend la fuite,
Mais elle ne m'écoute pas.
Elle ne comprend pas.
Elle aime ton Tato,
Je crois.'

Kanoro secoue la tête,
Et me ressert de l'agneau poivré,
Je le prends, je mange,
Je grignote le gras tout grillé,
Jusqu'à ce que tout soit avalé.

Maître-nageur

On est à la piscine. Il n'y a personne.

L'eau est tiède. Bizarrement,
Le soleil éclaire mon visage.

Je suis dans le grand bain, des flotteurs aux bras,
Pour ne pas couler.

William aussi est là,
Mais pas dans la piscine. Il est assis
Dans la chaise du maître-nageur
Et il me regarde me débattre pour rester à la surface.

Enfin il plonge dans la piscine,
Directement depuis la chaise haute.

Je me débats, je coule, et puis
Il m'attire contre lui,
Me hisse sur le bord du bassin,
Et me fait du bouche-à-bouche.

Ses lèvres et les miennes sont mouillées,
Je le sens lorsqu'elles se touchent, et
Son souffle emplit mes poumons.

Je n'ai pas besoin de massage cardiaque,
Mais ses mains contre ma poitrine,
Entre mes seins,
Poussent et pressent de haut en bas
Pour faire repartir mon cœur.

Je me réveille en sursaut, haletante.
Je me retourne et je vois Mama qui me regarde,
Les yeux brouillés par le sommeil, heureusement.
Mais quand même – je préférerais ne pas
Faire des rêves comme celui-là
Dans le même lit que ma mère.

Plus haut

On est dans le parc
Sur les balançoires,

Mais ce n'est pas comme quand j'étais une petite fille,
On ne se balance pas,
On oscille.

William sort son paquet de cigarettes,
M'en propose une.

Cette fois je secoue la tête,
Non – et ça lui est égal.
Il range les cigarettes au plus profond
De la poche de son blazer,
Et il bascule,
Pas d'avant en arrière,
Mais d'un côté et de l'autre,
Sur la balançoire.

Alors quand il se rapproche
Je sens son odeur,

Je sens l'odeur de son chewing-gum.
Il se lève et il vient me pousser
Jusqu'à ce que je vole
De plus
En plus haut.

Et j'éclate de rire,
Malgré tout,
Parce que j'ai l'impression d'être une enfant
Tout à coup.

Et ça fait du bien.

Cher William,

Je ne te demande pas de m'écrire un poème,
Mais ça serait cool si tu le faisais.

Et si tu m'achetais une rose,
Ça aussi, ça serait bien,
Mais je ne te demande pas de m'acheter
des fleurs,
C'est pas obligé.

Je ne te demande pas de porter mon sac,
Mais si t'en avais envie,
Si tu le faisais sans te poser de question,
Je dirais pas non.

Si tu voulais absolument être romantique,
C'est pas moi qui t'en empêcherais.

Premier baiser

Oh mon Dieu.
Oh mon Dieu.

Le malaise
Quand il essaie de m'embrasser
Et que nos visages s'emplafonnent
Comme des voitures dans un carambolage.

Quand il s'approche
J'ouvre la bouche
Trop
                    Grand
Comme si j'allais bâiller
Et ses lèvres disparaissent
Là-dedans
Comme si j'allais
L'avaler.

Il se recule
Il me regarde comme si
J'étais un problème de maths à résoudre.

Un problème trop difficile, apparemment,
Parce qu'il s'éloigne,
Lui aussi mal à l'aise,

Et ma bouche est toujours grande ouverte
Comme
Ça
Mais là c'est parce que je suis en état de choc
À cause de l'accident.
Impossible de la refermer.

Coupures

Je ne sais pas d'où cette idée lui est venue.
Clair a piqué des ciseaux dans la salle d'arts plastiques,
Et puis,

Alors que dans le préau, ce matin,
Le proviseur nous sermonnait comme d'habitude,
Elle m'a coupé les cheveux.
Clip-clip, plusieurs mèches.

J'essayais justement de les laisser pousser.
J'essayais de tout faire pour m'intégrer.

Son exploit fait rire les autres filles.
Hihihi.

C'est bien, elle a au moins récupéré
Quelques hihihi au passage.

Plus tard Clair s'excuse,
Me rend mes cheveux,
Et puis, écarquillant les yeux, me dit :
'Le prends pas mal, Cassie,
C'était juste pour rigoler, t'as vu.'

Juste pour rigoler ? Rigoler de quoi ?

C'est peut-être l'humour anglais
Que je ne comprends pas
Encore tout à fait.

Mais non. Je crois
Que je comprends
Parfaitement.

Te vexe pas…

Je devrais pas tout prendre au tragique,
C'est 'juste une blague',
Alors 'te vexe pas',
C'est juste trop drôle, hahaha,
Et donc c'est pratique, comme c'est juste pour rire,
Ce qu'ils me font
Ne veut jamais
Rien
Dire.

Colère

Je trouverai un moyen
De me venger
De Clair,
Pour les cheveux qu'elle m'a coupés
Sous les gloussements de ses copines.

Je trouverai un moyen
De rire, moi aussi,
Quand sous le coup de ma colère,
Clair
Et ses fans
S'écraseront par terre.

Moi aussi je peux être enragée,

Je ne suis pas toujours la Kasienka-
Jeune-fille-rangée
Dont rêve Mama.

Les profs

Ils ne voient pas ce qui se passe. Comment ça se fait ?
Les regards méprisants, les ricanements, les sourcils
haussés,
Comment c'est possible qu'ils passent à côté ?

Pourquoi ils ne me demandent jamais si ça va ?

Je leur dirai que ça ne va pas.
Je ne suis pas une menteuse.
Ni une *salope*.

Pourquoi c'est toujours à Clair qu'ils demandent
de distribuer les livres,
Et à Marie de lire son devoir à voix haute ?

Ils ont le regard sélectif,
Parce qu'ils savent que sinon ça leur ferait trop de boulot,
Ils n'ont pas de temps à perdre avec ça,

Ils ont des copies à corriger, des cours à donner, des
Garçons qui essaient de s'entretuer
À grands coups de poing, à grands coups de pied,
C'est plus urgent que les ricanements.

Mais pourquoi ils ne me demandent jamais comment
je vais ?

Incomprise

Je ne fais pas exprès d'avoir des secrets.

Mama et moi on dort dans le même lit,
Elle et moi, ensemble, toutes les nuits.

Mais il y a certaines choses
Que je ne peux pas dire.

Mama n'est pas très douée pour écouter.

Parfois je lui parle,
Et j'ai l'impression que ce que je lui dis,
Elle le comprend
Totalement de travers.

Ses réactions sont imprévisibles.

Comme par exemple la semaine dernière.
Je lui ai demandé de l'argent pour un tube de mascara.

Elle a haussé un sourcil,
S'est frotté le ventre.

Je n'ai pas compris.

'Attention à ne pas devenir
L'une de ces filles vulgaires

Qui passent leur temps à tomber enceintes,
Kasienka – je veux que tu sois
Une jeune fille respectable.'

Excusez-moi mais franchement,
Depuis quand on tombe enceinte d'un tube de mascara ?

Alors quand je reviens du collège les cheveux coupés,
Je ne lui dis pas que c'est l'œuvre de Clair,
Avec une paire de ciseaux mal aiguisés.

Je lui dis que c'est un prof qui l'a fait
Parce que je m'étais collé du chewing-gum dans
    les cheveux.
Sinon Mama ne comprendrait pas.
Elle trouverait moyen de me dire que c'est ma faute
    à moi.

L'anecdote la fait beaucoup rire.
'C'est une habitude dégoûtante, je n'arrête pas de te le
    dire.
Mais tu n'écoutes jamais ta Mama !'

Conversation

Kanoro, lui, écoute, sans jamais dire
Mais ignore-les (je ne peux pas)
Elles sont jalouses (ce n'est pas vrai).
Au lieu de ça, il hoche la tête, il dit :
'Toutes les hyènes se trouvent des amis.'
Et puis : 'Et qu'est-ce que tu vas faire maintenant ?'

J'aime cette question. Ça veut dire qu'il croit
Que j'ai le pouvoir
De remédier à la situation.

Alors je lui parle de mon vague projet
De me venger
De cette hyène.

Kanoro, l'air triste, me répond,
'C'est le bonheur, Kasienka, ta meilleure vengeance,
Le bonheur.'

Et il a raison, bien sûr,
Mais c'est pas si facile pour moi,
Parce que je ne sais pas
Comment faire pour être heureuse.

DEUXIÈME PARTIE

Bonbon

Il essaie de m'embrasser, et moi,
Je n'ouvre pas la bouche, cette fois,
Et lui non plus ne l'ouvre pas,

Et alors on s'embrasse,
Lèvres contre lèvres, bien au sec,
Et c'est très bien comme ça.

Mais bientôt ce n'est pas assez,
Je sens ma bouche s'entrouvrir,
Et puis la sienne,
Et soudain quelque chose qui n'est pas ma bouche
Est dans la mienne.

Et c'est tellement facile :
Embrasser William c'est comme
Faire rebondir un Haribo

Sur sa langue.
C'est facile.

Embrasser William
c'est comme sucer un bonbon.

Une bonne équipe

William corrige mon anglais,
Tout en douceur.
Il sourit quand je prononce mal,
Parce qu'il trouve ça mignon, mes erreurs,
Et pour la première fois
De toute ma vie,
Si je fais une erreur
Ce n'est pas grave.
C'est même
Mignon.

Et il pense aussi que je suis douée,
Il me demande de l'aider
Pour ses problèmes de trigonométrie,
Et quand il se trompe quelque part,
Je souris,
Parce que c'est mignon.

Donc c'est parfait.
On forme une bonne équipe, lui et moi.
À moi ses maths.
À lui mes mots.

L'amour en quelques lettres

L'amour c'est quoi ?

L'amour c'est Wow
L'amour c'est Irradiant
L'amour c'est Lancinant
L'amour c'est Lumineux
L'amour c'est Impérieux
L'amour c'est Angoissant
L'amour c'est Miraculeux

L'amour c'est quoi ?

L'amour c'est Wow
L'amour c'est Il était une fois
Lui
Lui et
Il était une fois
Aussi
Moi

L'amour c'est
WILLIAM
WILLIAM

William et moi.

Kenilworth Castle

Avec la classe on a visité
Le château de Warwick
Et c'est incroyable cet endroit
Si parfaitement symétrique,
Si parfaitement préservé,
Si parfaitement nettoyé
Qu'on dirait le château de la Belle au Bois Dormant
À Disneyland Paris.
Enfin, j'imagine. Je n'y suis jamais allée.

Le château de Warwick, on dirait un faux.

William est d'accord avec moi.
Il pense lui aussi que tout château digne de ce nom
Devrait être en ruine, après tout ce temps,
Pour prouver qu'il a connu
L'histoire, la vraie,
La grande, celle des batailles,
Celle des guerres.
C'est ce que je pense aussi.

Alors il m'emmène à Kenilworth
En bus, avec lui,
Il m'emmène voir de vraies ruines sous la pluie.

La reine Elizabeth
Gardait à Kenilworth
Son amant préféré.

Et le Temps s'arrêtait quand elle y arrivait,
L'aiguille de l'horloge du grand clocher
S'immobilisait
Pour elle et lui,
Et Elizabeth et son amant préféré
Festoyaient et se cajolaient
Juste ici.

C'est l'endroit le plus romantique qu'on puisse
imaginer,
Kenilworth Castle, un château, un vrai,
Dont les ruines continuent à s'émietter
sous la pluie.

Loto

Kanoro est affalé sur l'escalier de pierre
De notre vieil immeuble
Le poing serré
Sur un morceau de papier
Comme sur un billet de loterie perdant.

Il tapote la marche sur laquelle il est assis
Pour m'inviter à m'asseoir à ses côtés.

On regarde passer les voitures,
Des femmes à poussette,
Des jeunes à capuche,
Et le silence de Kanoro me fait penser
Qu'il a un grand secret à me confier.

Je m'imagine qu'il va me révéler, à moi aussi,
L'histoire atroce qu'il a racontée à Mama,
Celle que je ne connais pas.

Mais c'est pire que ça.

C'est Tato.

'L'adresse de ton père', me dit-il,
Et il me tend le morceau de papier
Du bout des doigts.

Je le prends,
Et je suis tétanisée à l'idée de le regarder,
Je ne sais pas pourquoi.

'Vas-y toute seule, Kasienka,
N'emmène pas Ola avec toi.'

'Tato est vivant ?' je lui demande.
Kanoro hoche la tête mais on dirait
Qu'il la secoue en même temps,
Comme si Tato n'était pas tout à fait vivant,
Ou qu'il vaudrait mieux qu'il ne le soit pas.

Fin de l'Odyssée

Le chauffeur refuse de rouvrir les portes
Une fois qu'elles sont fermées,
Même quand quelqu'un arrive en courant,
Transpirant,
Et frappe à la vitre,
Implorant qu'on le laisse entrer.

Le chauffeur ne le regarde même pas,
Cet homme exténué
Devant les portes fermées,
Comme s'il ne l'avait pas remarqué,
Alors que dans le bus tout le monde le voit.

Quelqu'un a étalé une substance rougeâtre
Sur la vitre du bus.
Ça sent la tomate.
C'était peut-être
Une tranche de pizza.

La femme à côté de moi
N'arrête pas de parler toute seule,
De rigoler toute seule.
Les enfants tout au fond
Hurlent des trucs aux passants,
Une rémoulade de mots.

Je presse le petit bouton rouge
Pour avertir le conducteur :
– Arrêt demandé –
Ma tête va éclater.
Mon cœur va exploser.
Quand le chauffeur ralentit,
Se gare,
J'envisage de rester là, assise
Près de la femme en grande discussion avec elle-même,
Près de la fenêtre dégoûtante,
Et de m'arrêter plus tard,
Ailleurs,
Dans un endroit où rien ne m'attend,

Un endroit sans réponse.

Une petite maison

C'est une femme qui ouvre la porte
De la petite maison.
En chaussons
Et peignoir tout rose
Alors qu'il fait encore jour.

Un bruit à l'intérieur attire son attention,
Un petit enfant qui pleure.
Elle se retourne un instant,
Et puis me regarde à nouveau.

Je lui dis comment je m'appelle.
Je lui dis un peu qui je suis.

Alors elle me fait entrer.
Elle veut que je rencontre le bébé,
Et que j'attende Tato ici.

Du chocolat chaud froid

J'entends Tato siffloter,
Je sais que c'est lui, même
À deux pâtés de maison, je sais
Qu'il arrive,
Tenant la mélodie entre ses lèvres.

Quand il me voit, il n'est ni
Surpris, ni ravi,
Et moi non plus, pourtant je dis :
'Je t'ai trouvé, Tato !'
Ça fait des jours que je répète cette réplique-là.
Des mois.
Le sifflotement de Tato, je le reconnais.
Mais je ne reconnais pas Tato.

Il s'est laissé pousser une barbe éparse
Qui l'empêche de sourire.
Il a dû maigrir.

Il regarde la femme,
Qui lui dit : 'Eh bien oui, la voilà.'
Mais voilà quoi ? Qu'est-ce qu'elle sait de moi,
  cette femme-là ?

Elle emmène l'enfant à l'étage,
Et j'entends des pleurs,

Pas ceux de l'enfant,
Ceux de la femme.

Tato me conduit à la cuisine,
Une grande cuisine, me prépare un chocolat chaud
Avec une bouilloire brillante, en acier inoxydable.
'C'est difficile à expliquer, tout ça,
    À un enfant', me dit-il,
À moi, sans me regarder,
Sans remarquer à quel point j'ai grandi.

Je n'écoute pas grand-chose à ce qu'il me raconte,
Les petites fléchettes de ses mots
Me piquent la peau.

Tout en parlant, Tato pèle une orange.
L'écorce qu'il dégage de l'ongle,
D'un geste expert,
S'enroule sur elle-même, spirale amère,
Sur la table de la cuisine.
Il partage en deux son orange,
Pose une moitié devant moi,
L'autre moitié, la mange,
D'un coup, avec tous les pépins,
Jette un œil à l'horloge,
Et pendant ce temps le chocolat chaud,
Que je n'ai pas touché, refroidit
Dans la tasse.

Moi aussi j'ai froid.
Alors je me lève, et j'y vais.

'Tu passeras voir Mama ?' je lui demande.
À nouveau Tato regarde l'horloge,
Et dit

– en anglais –

'Un jour ou l'autre.'

Ressentiment

Mon estomac est un sac de pierres
Tellement je suis en colère
Contre Tato.

À chaque fois que Mama regarde
Sa carte accrochée au mur,
À chaque fois que Mama enfile
Son manteau et ses grosses chaussures,
À chaque fois que Mama ouvre
Son porte-monnaie et fronce les sourcils,
À chaque fois que Mama se faufile
Dans le lit et pleure toute la nuit,

Je suis
Tellement en colère que mon estomac
Est une pierre, que je voudrais lancer
    à la figure de Tato.

Une lettre jamais envoyée

Tato,

On est venues à Coventry pour te retrouver,
Mama et moi.
On t'a cherché et cherché et cherché.

Maintenant que tu sais qu'on est là,
Je ne te cherche plus,
Je t'attends.
Mais toute cette attente et cette attente et cette attente,
Ça sert à quoi ?

Mama t'aime encore, elle t'aime à nouveau,
elle est désolée,
Tu ne pourrais pas être désolé aussi, toi ?
Histoire qu'on puisse retourner voir Babcia,
qu'on rentre à Gdańsk,
à la maison.
S'il te plaît, Tato.

Kasienka.

La cloche de détresse

Il était rangé dans la section réservée
Aux terminale, au CDI.
La couverture fuchsia m'a plu. Son nom aussi.
Plath. Un nom comme une respiration hachée.

Alors je lis. Lentement je lis. En anglais.
Je lis Sylvia Plath et son désir d'en finir.

Je me demande si j'en serais capable,
De tout abandonner comme ça,

De respirer une dernière fois,
Au lieu d'aller et de venir
Avec une pierre dans l'estomac.

Au bord des larmes

'Elle n'est même pas belle',
Dis-je à Kanoro.

On écosse des petits pois pour le dîner,
Enfin, on en avale la moitié,
Et l'autre moitié part dans la casserole.

'Elle n'est pas aussi belle que Mama',
Je lui dis.

Kanoro n'est pas surpris.
Il secoue la tête.

Il voit la beauté de Mama.
Il l'invente, parfois.

'Et leur petite fille n'est pas aussi jolie que toi',
Dit Kanoro.

Il sait que ça va me faire pleurer d'entendre ça.
Et c'est le cas.

Je n'avais pas l'intention de retourner

Voir Tato,
Et Melanie,
Et le bébé,
Briony,
Qui est ma petite sœur,
Bien que personne ne me l'ait dit,
Et que je ne leur aie rien demandé.

Ça s'est passé comme ça,
Très naturellement,
Et je n'en ai pas parlé,
Jamais,

À Mama.

Il y a là-bas quelque chose qui m'attire,

Pas le chocolat chaud :
Je ne finis jamais ma tasse.
Pas l'énorme télé :
Des dessins animés à longueur de journée.

Peut-être que c'est la sérénité
De la cuisine familiale,
Où Melanie
Réchauffe un plat au micro-ondes,
Fourre des vêtements dans la machine à laver,

S’affaire, tâche après tâche, avec plaisir – avec facilité –
Sans jamais se plaindre. Elle n’est jamais trop fatiguée
Pour jouer avec le bébé,
Ou pour bavarder avec moi,
Quand Tato n’est pas là.

Melanie

Je ne veux pas qu'elle soit gentille.
Ce n'est pas son rôle.

Et ça me culpabilise
Quand elle me donne une tranche de cheesecake,
Trop énorme pour que je la finisse,
Avec autant de crème que je veux.

Ça serait tellement plus facile si
Elle me détestait,
Ce serait tellement plus facile de la détester aussi.

Si seulement elle ne me laissait pas entrer
Quand je sonne à
La porte,
La faim au ventre, les yeux ensommeillés,
Moi, la fille périmée.

Mais elle ne fait pas ça,
Ce n'est pas son genre.
Elle est gentille.

Elle me prépare des milkshakes.
C'est moi qui choisis le parfum.
Elle me pose des questions sur ma vie à moi,
Sur le collège,
La natation,
La Pologne –

Jamais sur Mama,
Évidemment.

Je ne réponds pas à chaque fois.
Je boude beaucoup.
Histoire de lui rappeler qui elle est,
Ce qu'elle nous a fait.
Mais elle ne semble pas le remarquer.
Elle ne s'attend pas à ce que je l'adore.
Elle ne s'offusque pas quand j'ignore
Le bébé.

Et quand Tato est là,
Elle nous laisse tous les deux.
Elle sait qu'elle n'est pas la bienvenue,
Qu'elle ne fait pas partie de notre histoire,
À moi et à lui.

Je voudrais tellement détester Melanie,
Mais je comprends pourquoi Tato veut être avec elle,
Et parfois quand Melanie
Quitte la pièce,
Je préférerais qu'elle reste,
Parce qu'être avec elle c'est plus facile
Que rester seule avec Tato.

Elle, elle me regarde droit
Dans les yeux, et ça,
Lui, il n'y arrive pas.

L'Évangile selon Tato

Tato m'a appris à ne pas dire de mensonges,
Maintenant c'est lui qui en dit,
À chaque fois que je sonne à sa porte
Et qu'il ne mentionne pas Mama.
À chaque fois qu'il me donne de l'argent
Pour acheter mon silence.
Tato m'emmenait à l'église, avant,
Même si certains dimanches je râlais,
Parce qu'être vertueux c'est important,
C'est ce qu'il disait.
Tato m'a appris des prières,
Qui prenaient tant de temps à réciter,
Tato m'a appris à tenir mon rosaire,
À égrener mon chapelet,
Tato m'a appris à dire le Notre Père,
À me confesser.
C'est Tato qui avait écrit les règles
Qu'on devait suivre
Et lui-même ne s'y tenait
Jamais.
Tato a honte
À chaque fois qu'il me voit
Du péché que malgré lui
Il a commis.

Lady Godiva

Lady Godiva aux longs cheveux
A paradé nue
Comme un nouveau-né
À cheval dans les rues de Coventry.

Son mari aurait dû l'aimer davantage.
Il aurait dû l'aimer assez
S'incliner,
Pour ne pas qu'elle se livre aux regards
De ceux auxquels il ne voulait pas céder.

Maintenant, à Broadgate,
Il y a une statue, assez mal placée,
En face d'un café, pour lui rendre hommage.

Personne ne s'arrête pour la regarder,
La courageuse Lady Godiva, son corps de bronze,
Elle qui œuvrait tant pour les pauvres
Qu'elle leur a sacrifié sa dignité.
Parfois un ado lui jette un coup d'œil,
Mais ce n'est pas vraiment elle qu'il voit,
C'est autre chose,
Et cet ado-là,
Il n'a rien compris à Godiva.

Prête

Mama écoute *Madame Butterfly* et chantonne
Sur la mélodie d'« Un bel di vedremo »
Et quand elle atteint une note si haut perchée
Qu'elle seule est capable d'aller la décrocher,
Elle lève vers le plafond ses deux mains
Comme une vraie diva,
Sur la scène d'un opéra,
Devant une salle bondée.

Elle a l'air au sommet du monde,
Et j'ai l'impression qu'à ce moment-là
Elle peut tout supporter,

Alors je lui dis la vérité.

Elle éteint la musique,
S'assied sur le lit, ses mains
S'agitent sur ses genoux.

Je vois qu'elle brûle de l'intérieur,
Mais sa bouche reste fermée
Jusqu'à ce que j'aie terminé
Toute l'histoire – la seule chose que je ne lui dis pas,
C'est comment j'ai retrouvé Tato.
Enfin elle me dit :
'Tu aurais dû m'en parler plus tôt.
Tu me prends pour une idiote ?

Cette femme doit me prendre pour une idiote.
Tato aussi doit me prendre pour une idiote.
Alors maintenant c'est comme ça,
Vous deux ensemble, Tato et Kasienka ?'

Je voudrais lui dire que jamais,
Jamais ce ne sera Tato et Kasienka –
C'est vrai que Tato ne veut pas d'elle,
Mais il ne veut pas de moi non plus.

Mama s'est levée, elle est sortie de la chambre,
Avant que j'aie pu me défendre,
Avant que j'aie pu la supplier de rester,
Avant que j'aie pu dire 'Mama, c'est toi que j'aime

Le plus.'

Coupable

On joue au Scrabble,
Le regard fixé sur les petits carrés de plastique,
Dans l'idée d'améliorer notre anglais
(On a quand même le droit aux mots
Polonais et swahilis),
Quand Mama revient.

On sait où elle était passé, c'est clair,
Elle a le visage tout enflé,
Elle n'arrive pas à parler.

Kanoro se lève et s'apprête à sortir,
Mais d'un geste de la main Mama le retient.

Reste.

'Reste', lui dis-je moi aussi,
Agrippée à la chemise de Kanoro.

Il prépare un thé à Mama,
Et il y glisse une goutte de quelque chose
Pour qu'elle joue au Scrabble avec nous sans pleurer.

Mama n'arrive pas à me regarder.
Même quand je réussis un long mot.
Heureusement que Kanoro est là.

Je n'aurais pas su quoi faire de Mama,
Rentrée à la maison
Toute mélangée,
Comme les lettres de Scrabble dans le sachet,
Lourde d'une tristesse sauvage,
Si clairement affichée
Sur son visage.

Ma vie sans mère

Mama est tellement en colère
Contre moi.
Une colère
Blanche.
Une colère en silence.

Elle me prépare à manger,
Met mes vêtements à laver,
Dort auprès de moi chaque nuit.

Mais les casseroles s'entrechoquent
Pour que j'entende sa colère,
Et elle laisse ses plats brûler
Pour que je goûte sa colère,

Et elle évite mon regard,
Ce qui n'est pas facile à faire
Quand on vit à deux
Dans une seule pièce.

Parfois elle me jette un œil,

Parfois je la surprends en train de m'observer,

Et quand ça arrive,

Elle se détourne,

Lentement,
Délibérément,
La rage dans le regard.

Un soir, je lui annonce que j'ai intégré
L'équipe de natation du collège.
Mais elle refuse toujours de me regarder, de m'écouter.

Elle refuse de me regarder quand je suis
Juste en face d'elle en train de dîner,
Alors que j'essaie de ne rien renverser.
Je fais même l'effort de manger mes oignons.

Elle refuse de me regarder quand on est allongées
Dans le lit, le soir,
Et si par accident on se touche,
Elle se dégage, comme si je venais
De la mordre,
Comme si j'étais venimeuse.

Alors pas étonnant que ces jours-ci, moi aussi,
Ça me hérisse un peu de la regarder.

À la place, je pose les yeux
Sur le col de sa robe,
Sur une barrette dans ses cheveux,
Sur les bagues qu'elle porte aux doigts,
Pendant qu'on parle.

Tout cela me donne envie de m'enfuir,
D'aller nager.

Désespoir

Ce n'est pas
Ma faute
Si Tato
Ne t'aime
Plus.

Est-ce que j'ai le droit de lui dire ça ?

Espoir

Quelqu'un a été méchant avec Mama au travail.
'Je suis désolée pour toi', je lui dis.
Mama renifle.

Et voilà qu'elle veut rentrer à la maison.
'À Gdansk ?' je lui demande.
Elle hoche la tête.

Ça fait des jours qu'elle n'a pas pris de douche.
'C'est vrai ?' je lui demande.
Elle hoche la tête.

'Mais quand ?' je lui demande.
Elle hausse les épaules.

Puis elle met la tête entre ses mains, et elle pleure.

Déchirée

Il existe maintenant plusieurs Kasienka.

Elle s'est déchirée. Elle s'est
Éparpillée, partout, comme des fruits tombés
D'un arbre sans feuilles.

L'une des Kasienka est la fille de sa Mama,
La Kasienka qui ferme la bouche quand elle mange,
Qui dort gentiment avec son nounours.
Elle ne dit rien, elle est discrète, elle ne voudrait
Rien d'autre que Tato pour compléter
Leur vraie famille, comme ils étaient avant.

Une autre Kasienka se rend en pèlerinage
Chez Tato ; c'est la Kasienka fermée,
Effrayante, de mauvaise humeur.

Il y a aussi la Cassie de William,
Aux yeux timides, aux épaules larges,
Une nageuse, mais aussi une vraie jeune femme,
Avec des seins, et une bouche à embrasser.

Et Clair aussi a sa Cassie,
La Cassie angoissée qui sent le chou,
Victime muette, meurtrie,
Si facile à démolir.

Si seulement je connaissais la Kasienka de Kasienka :

Quand je me cherche dans le miroir de la salle de bains,
Je ne la trouve pas.

Quand je suis seule,
Je ne sais pas qui je suis.

Quand je suis seule,
Je ne suis rien.

TROISIÈME PARTIE

Dalilah

C'est toi maintenant la nouvelle
Et peut-être bien qu'elles
Te détesteront à ma place.

C'est comme ça que ça commence :
Des regards,
Des chuchotements,
Des rires.
Au début tu penses que ça ne veut rien dire,
Mais au bout d'un moment,
Quand c'est tous les jours,
Tu as l'impression de grimper une colline
Avec un rocher sur les épaules.

C'est toi maintenant la nouvelle
Et peut-être bien qu'elles
Te détesteront à ma place.

Peut-être qu'on remarquera tes chaussures.
Moi, j'ai remarqué
Qu'elles ne sont pas comme celles de tout le monde.
Elles sont grosses, elles ont des boucles.
Et tu remontes tes chaussettes jusqu'aux genoux.
Personne ne fait ça.

Mais je ne te le souhaite pas vraiment, juste à moitié.

Une moitié de moi préférerait
Qu'elles ne te prennent pas en chasse.

En fait ce que je veux c'est une amie.

Alors quand le prof dit
'Lily va avoir besoin d'un binôme',
Je lève vivement la main,
Je m'offre à toi,

Et tu me regardes et tu souris,
Et rien de plus joli
Ne pourra
M'arriver
Aujourd'hui.

Voile

Dalilah porte un voile violet. Elle est si belle
Là-dedans.
Deux yeux
Si grands.

Je l'envie quand je la regarde,
Quand j'imagine mon visage encadré,
Mes cheveux dissimulés sous le tissu.

Quand je vois des femmes dans la rue
Dont les voiles descendent jusqu'aux pieds,
Des tchadors,
Je les envie aussi,
J'envie qu'elles puissent s'abriter ainsi,
Je rêve d'une robe qui me couvrirait
de la tête aux pieds,
Me cacherait aux yeux du monde.

Ce serait un peu comme une armure,
Un voile comme ça,
Un voile qui me couvrirait
de la tête aux pieds.
Personne ne pourrait y pénétrer.

7 juillet

À 8 h 50 la Cloche sonne et on se lève
Pour commémorer
Ce qui s'est passé.

Mais Clair regarde Dalilah,
Clair ne commémore pas,
Elle ne semble pas du tout vouloir se rappeler.

Et à la pause elle et les autres filles nous entourent,
Et Marie dit :
'Pourquoi t'as dit qu'ils l'avaient mérité ?
Je t'ai entendue. Je t'ai entendue murmurer à Cassie :
« Les victimes des attentats ont mérité ce qui leur est arrivé. »'

Et Dalilah me regarde, interdite, parce qu'elle était juste là
À commémorer
Les attentats, même si on était trop petites pour s'en rappeler,
Alors que Clair la regardait.

Quand Mama n'est pas là

On a mis des ballons partout.
Des ballons rouges dans la maison.
Et d'autres encore dans le jardin.
Des ballons d'hélium bien attachés
Pour les empêcher de s'évader
Dans le ciel.

La grand-mère de William
Célèbre son anniversaire
Et elle voulait des ballons
À la place de bougies dégoulinantes
Qui gâchent les gâteaux.

On a mis un barbecue dans le jardin
Et le père de William,
En tablier rayé,
Prépare la nourriture,
Surtout de la viande.

On a mis de la musique,
Qui sort de deux enceintes
Grosses et noires,
Connectées à un iPod.

On a mis un château gonflable pour les enfants.
Lui et moi on voudrait bien y aller aussi,

Mais ses cousins y sont et ils sont
Petits,
Et on ne veut pas qu'on nous prenne
Pour des petits.

Puis la grand-mère de William
Grimpe dans le château et commence à sauter
Et à sauter

Et j'éclate
De rire
Avec William.
Je n'ai jamais vu
De grand-mère
Comme elle de toute ma vie.
Je n'imagine pas du tout Babcia
Bondir et rebondir comme ça.

Et ça nous donne l'autorisation de sauter,
Nous aussi.
Alors on y va :
On se tient la main, on bondit, on rebondit,
Et je pousse des petits cris
Quand je tombe sur les fesses,
Ou sur William,
Ce qui arrive vraiment
Assez
Souvent.

Le père de William ne fronce pas les sourcils
Quand on referme
La porte de sa chambre,
Il dit simplement : ‘Pas de bêtises, les enfants.’

William allume son ordinateur
Et me demande de choisir une chanson.
J’en désigne une au hasard, je ne la connais pas,
Et il dit : ‘Cool’,
Ce qui me fait plaisir.

La musique remplit la petite chambre et au même
moment
Un feu d’artifice éclate dans mon ventre.
Tout mon corps s’illumine et se colore.

Quand il sourit c’est comme si devant moi
Une torche s’enflammait,
Éclairant le monde, même ses plus noirs recoins,
Et je ne peux simplement pas concevoir
Que tout le monde ne soit pas amoureux de lui.

William se penche,
Ouvre la bouche,
Et moi aussi
Mais pas trop grand.
Un espace juste suffisant
Pour qu’il respire en moi.

Je ferme les yeux,
Je laisse William me guider,
Et j'essaie de ne pas respirer trop fort
Quand on fait des choses
Que Mama détesterait.
Quand on s'est assez embrassés,
Je lui demande où est sa mère,
Pourquoi elle n'est pas là.
Il me montre une photo
D'une femme sans cheveux, et il me dit :
'Maman est morte.'

Puis on reste dans les bras l'un de l'autre
Jusqu'à ce qu'il fasse très sombre dehors.

Et je lui dis que je suis désolée, désolée,
Et je lui parle de Mama,
Et de Tato,
Et nos sentiments se révèlent
Bien plus que si on s'embrassait.

Et à l'intérieur de moi je brûle de dire à Tato
Que je suis heureuse qu'il ait simplement disparu,
Qu'il ne soit pas mort.

Peut-être que je ne devrais pas

Me mettre dans cet état-là
Quand je pense
	à William

Mais on dirait que Mama ne remarque pas
Le scandale tatoué
Sur toute l'étendue de ma peau,

	Alors j'arrête de me sentir coupable.

Confiance

Quand je raconte à William
        Ce qui se passe avec Clair,
Il me dit : 'Défends-toi.'

William est en quatrième.
Il pourrait s'interposer, me protéger.
Mais il ne veut pas faire ça.
        Il sait
        Que je peux
        Me défendre moi-même.

Et ça me fait rayonner de l'intérieur
Et je l'aime encore plus pour ça.

Entraînement

Une fille ça ne devrait pas
Vouloir battre les autres, mais moi
Je veux les battre, toutes,

Je veux savoir quc c'est moi la plus rapide,
La plus forte,
Plus que toutes les autres autour de moi,
Plus que Clair dans le quatrième couloir de la piscine.

On n'est pas censées être en compétition,
C'est juste l'entraînement.

Pas de prix, pas de trophées pour qui arrive en premier
Aujourd'hui.

Et pourtant.

Au coup de sifflet
Je m'élance, avec une agressivité
À laquelle je ne m'attendais pas,
Mon désir de première place
M'aspire vers l'avant
À travers l'eau
Jusqu'à l'autre côté et retour.

Je ne reprends ma respiration
Qu'une fois tous les quatre battements,

Je préfère voir le carrelage, au fond,
Bleuâtre et oscillant,
Que les éclaboussures maladroites
De mes concurrentes,
Et Clair, devant moi. Devant.

Quand je me hisse hors de l'eau,
Ms Morrow s'approche, me dit :
'Jolie performance.'

Et l'une après l'autre,
Les filles émergent,
Certaines s'ébrouant,
D'autres jetant des regards en coin.
Clair ne me regarde pas ;
Elle replonge
Et repart en dos crawlé
Jusqu'à l'autre côté.

'Elle voudrait être capitaine de l'équipe',
Me dit Marie un peu plus tard,
'Alors fais gaffe,
Si jamais la coach te choisit
Tu es mal barrée.'

Ms Morrow

Ms Morrow ne sait rien.
Elle ne sait rien. Mais elle a des soupçons.

Après l'entraînement elle me demande de rester,
Pour vérifier.

C'est exactement le moment que j'attendais.

Mais je ne sais pas par où commencer,
Je ne sais pas comment lui expliquer ce qui s'est passé,

Et quand Ms Morrow me demande : 'Tu as quelque chose
à me dire, Kasienka ?'
Je ne peux pas tout lui raconter.

Alors je ne dis rien.

Famille

Mama et Tato ensemble, plantés là,
N'ont pas l'air à l'aise,
Tato trop élégant pour notre chambre,
          Et pour Mama,
Maintenant.

Ensemble ils ne s'accordent plus,
Leurs musiques se sont décalées,
Ils font le bruit d'un couteau qu'on aiguise
Sur une pierre.

Ensemble ils sont comme des statues de cire,
Ressemblants,
          Mais sans vie.

Tato ne regarde pas autour de lui,
Même quand Mama dit :
'Regarde !
          Regarde un peu où on vit !'
Il fixe ses chaussures élégantes,
Vernies, il refuse de remarquer
Qu'on vit dans une pièce avec un seul lit,
Et la cuisine aussi.

'Regarde !
          Regarde un peu où on vit !'
Crie Mama.

Mais Tato fixe ses chaussures étroites,
Vernies, et refuse de remarquer
Que les vêtements de Mama sont tout effilochés,
Et les miens aussi.

Tato ne fait que murmurer, marmonner,
Fixer le sol,
Tandis que Mama l'accable de reproches.

Tato est aussi silencieux dans cette pièce
Qu'il l'était avant qu'on le retrouve.

Et quand Tato repart, Mama chuchote :
'Regarde...

Regarde un peu ce que ton père est devenu.
Ah, quand je pense que Kasienka
aime son Tato
plus
que
sa Mama.'

Une solution

Melanie à la porte de l'école donne
la main
à Briony.
Briony porte une robe verte
et lèche une glace en train de fondre.

Melanie me fait signe, et je lui fais signe aussi,
et puis on va ensemble
à sa voiture,
Où elle attache Briony dans son rehausseur,
et Briony étale sa glace
partout sur les sièges.

Melanie emmène Briony à la piscine,
Et elle s'est dit que moi aussi peut-être
je voudrais y aller.
Et c'est le cas.

Je ne fais pas de longueurs cette fois
Une et deux et trois
Parce qu'ils ont allumé
La machine à vagues, alors j'éclabousse
Briony, et je joue avec elle,
Et on fait comme si on était à la plage,
Léchées par l'océan sauvage
Qui nous jette sur la côte.

Melanie ne se met pas en maillot,
Assise sur le côté de la piscine,
Elle bavarde et bavarde au téléphone,
Et ne nous regarde pas du tout.

Alors quand une vague emporte Briony
Dans un grand tourbillon,
Et la fait
Tournoyer
De-ci
De-là
Jusqu'au fond,
Melanie ne peut pas la sauver parce qu'elle
Bavarde et bavarde au téléphone.
Et un instant je me demande
Ce que serait ma vie
Sans Briony.

Allégeance

Quand Tato revient du travail on s'assoit
Autour de la table du dîner,
Comme une vraie famille,
On mange des spaghettis bolognaise,
Nos serviettes autour du cou comme des bébés,
Pour ne pas se couvrir de sauce.

Melanie dit : 'Elle a été incroyable,
Elle lui a sauvé la vie.'

Et puis Melanie dit :
'On voudrait bien que tu viennes vivre ici,
Kasienka. Avec nous.'

J'arrête de manger mes pâtes, je regarde Tato,
Pour voir si ça veut dire qu'il a abandonné Mama
Pour toujours.

Et Melanie dit :
'Tu aurais ton propre lit.
Tu aurais ta propre chambre.
Et même un ordinateur, si tu veux.'

Tato lui a raconté des histoires,
Du genre qui font passer Mama
pour quelqu'un de pas bien.

Quand il me regarde il a les sourcils froncés,
Et puis il observe Briony
et je sais que ça signifie qu'il ne reviendra pas
vivre avec nous ;
Que c'est Melanie et Briony
Et lui, pour toujours.

Elle nous sert des éclairs pour le dessert,
Recouverts d'une flaque de chocolat,
Pas le genre de choses que Mama pourrait se permettre,
Et je voudrais tellement rapporter le mien
Pour le donner à Mama,
Une surprise,
Au lieu de le manger
Moi-même.

Quand je l'aide à remplir le lave-vaisselle,
Melanie me prend le bras et demande :
'Tu ne veux pas venir vivre ici ?'

Mais Melanie ne sait pas
Le mal que ça ferait à Mama.

'Non, je réponds. Je ne peux pas venir ici.'

Je ne peux pas abandonner Mama.

Craquelures

Impossible de réparer Mama.
Tato a volé
          Des fragments
          D'elle,
Et maintenant elle est
          Toute fendillée,
          Toute morcelée,
          Tout émiettée.

En rentrant je retire mes chaussures,
Pour ne pas salir la moquette,
Et je fais mes devoirs gentiment,
Sans poser de questions.

Je marche sur la pointe des pieds,
Silencieusement.

Elle ne me regarde
Plus,

Elle reste au lit,
Un livre dans une main, et dans l'autre
Un verre de vin,
Qu'elle tient au niveau du cœur.

Parfois elle boit
Une demi-bouteille
Et parfois elle boit
Un peu plus encore.

Et ensuite elle s'endort,
Sans dire
bonne nuit,
Sans éteindre la lumière,
Sans me demander comment je vais.
Comme si elle n'en avait rien à faire. Ça l'indiffère.

Pyjama party

On se goinfre de rouleaux de réglisse,
On engloutit des litres de Coca,
On se bourre de pop-corn,
Alors quand on essaie de dormir,
On n'y arrive pas ;
On n'arrête pas de trouver
De nouveaux trucs marrants à se raconter,
Des secrets à partager,
Des histoires dont on avait oublié l'importance
Avant que la nuit tombe.

Je finis par avouer à Dalilah que la raison
Pour laquelle elle ne peut pas venir dormir à la maison,
C'est qu'on serait
        Trois
        Dans un seul lit
        Si elle venait.
Alors elle me dit : 'Quand j'étais petite,
Je dormais avec ma mamie. Ce n'était pas un problème.'

Elle ne me dit pas qu'elle est désolée ;
Elle n'essaie pas de me réconforter,
Non, à la place
Elle me dit à son tour ses secrets,
Et ils sont aussi étranges
Que les miens.

Et moi non plus je ne ressens pas le besoin
D'être désolée.

Quand les oiseaux commencent à remuer,
Que l'obscurité se dissipe,
On est toujours éveillées,
Et je ne peux pas imaginer m'endormir
Avec tant de choses à l'esprit.

Alors on descend prendre le petit-déjeuner.

Attendrir les pierres

Ms Morrow dit que je suis
La meilleure nageuse de toutes les cinquième,
Peut-être même de toutes les cinquième de Coventry.
Elle veut que j'aille à Londres,
Avec le reste de l'équipe
Pour une compétition,
Dans deux semaines,
    Pour me mesurer
À des filles qui pourraient
Me battre.

Des écoles de tout le pays
Seront là.
Ms Morrow me donne une permission de sortie
À faire signer à Mama.

Mais Mama secoue la tête. Non.
Absolument hors de question.

Elle ne me donne aucune raison,
Pas la peine.
Il n'y a qu'une seule raison et elle est claire :
Je ne le mérite pas.

    Kanoro me dit : 'Patience...
L'attente peut attendrir une pierre.'

Je sais ce qu'il veut dire : je dois laisser du temps à Mama,
Un jour ou l'autre elle arrêtera
De me tenir pour responsable, elle se sentira
À nouveau elle-même. Je sais que c'est ce qu'il veut dire,
Et peut-être plus encore,

Mais j'ai bientôt quatorze ans,
Mama quarante-deux,
Elle devrait être la plus raisonnable de nous deux.

En tous cas ça me semblerait normal,
Que de nous deux ce soit la plus raisonnable.

Bonne nouvelle

Kanoro vient de recevoir une lettre qui annonce
Qu'il va travailler à Londres,
À l'hôpital St-Bart,
En tant que pédiatre,
          Son vrai travail.

Quand il nous le dit, à Mama et à moi,
Il est tellement plein de joie
Qu'il renverse une lampe,
Fait éclater l'ampoule.

Mama se fiche de la lampe,
Pour la première fois depuis un mois,
Elle éclate de rire,
          se jette dans les bras de Kanoro.

Moi, je suis un peu tout à la fois,
Heureuse
          que Mama le soit,
Triste
          que Kanoro parte,

Et c'est ça que je ne comprends pas,
Qu'ils soient tous les deux
Si joyeux
Alors que cette nouvelle veut dire en vérité
Que Kanoro va nous quitter.

Vide

Je lui dis
de ne pas venir me voir,

Je ne veux pas
dire au revoir,

J'ai l'habitude qu'on parte
sans prévenir.

Et donc
un jour
en rentrant du collège,

Je trouve sa porte ouverte,
Son lit débarrassé de ses draps,
Ses livres disparus,
Sa chambre nue.

Et j'ai changé d'avis
Un peu trop tard
Finalement,
J'aurais voulu lui dire au revoir.

Rébellion

William me dit que je devrais quand même
Aller à Londres.

Que lui non plus ne fait pas toujours
Ce qu'on lui demande.
'Tout le monde désobéit', me dit-il,
Et il m'embrasse,
Pour me rappeler que moi aussi.

On ne descend pas à mon arrêt de bus.
Je ne rentre pas directement à la maison
Voir Mama.

'J'ai déjà dit trop de mensonges',
Je lui murmure,
Et il répond :

'Eh bien alors, un de plus, un de moins...'

Pas faux.
Qu'est-ce que ça peut bien faire,
Un mensonge de plus,
Un tout petit ?

Trahison

J'arrive chez Tato,
Pour lui demander de signer mon autorisation –
Car après tout lui aussi
Est un *parent* ;
Mais il n'est pas là,
Il n'y a que Melanie et la petite.

Alors je l'implore de signer,
Et elle le fait,
Avec un crayon tout rabougri
Sorti de la boîte à jouets de Briony.

Puis elle prend un
Livre de coloriages,
Et, juste derrière,
Écrit la date. 'Je passerai le message
À ton père',
me dit-elle.

Chaque jour après l'école
Je m'entraîne pour la compétition.
Chaque jour je me purifie
À ce baptême quotidien.
Chaque jour l'eau m'avale et me sauve.

Mama se fiche de savoir
Où je suis, maintenant.

Me perdre dans le grand bain
Ne la dérangerait pas.

Mensonges dans la nuit

Mama dort encore
Quand je sors de notre chambre
Sur la pointe des pieds.
Mon sac de piscine dans une main,
Mon autorisation dans l'autre.
J'ai préparé mon sac hier soir,
Je l'avais caché sous l'évier.

J'ai laissé une note pour ne pas l'inquiéter.
Un mensonge, écrit dans l'obscurité :
'Le collège organise une journée portes ouvertes.'

Depuis l'arrêt de bus,
Je vois notre fenêtre,
Et je voudrais voir Mama apparaître,
Me faire un signe de la main.
Au revoir, Kasienka, et bonne chance.

Mais ça n'arrive pas, évidemment,
Mama dort, de son sommeil agité, et elle marmonne,
Dans ses rêves torturés,
Que Tato et Kasienka
Complotent ensemble pour l'abandonner.

En route

Il y a des règles qu'on n'a pas besoin d'énoncer :
Le fond du bus, c'est pour ceux qui sont populaires.

Alors moi je m'assieds devant avec Ms Morrow,
Et William s'installe à peu près à la moitié,
Avec les autres garçons,
Pour regarder des vidéos sur YouTube.

Au fond, c'est là où s'assied Clair,
Au cœur d'une horde qui l'idolâtre,
Qui l'applaudit – si, si, vraiment – quand elle entre
    dans le bus,
Mains qui claquent, hululements,
Comme des animaux de la jungle.
Elle sourit timidement, faussement embarrassée,
Et ne me regarde pas, pour une fois.

Ms Morrow se retourne, me demande : 'Alors, t'as hâte ?'
Je fais semblant de n'avoir rien entendu,
Je sors un livre de mon sac,
Parce que j'ai déjà dit
Beaucoup trop de mensonges.

Peur

L'écho des cris et des éclaboussures
Résonne jusque dans les cabines
Où j'enfile mon maillot de bain,
Qui couvre à peine mon corps.

Les filles contre qui je vais nager
Sont plus grandes et plus musclées, elles se sont verni
Les ongles de pieds, rasé les jambes,
Et je ne suis pas sûre de pouvoir sortir de la cabine
Et me diriger vers la piscine
Si tout le monde est là à nous regarder.

Clair s'échappe d'un vestiaire,
En maillot,
Et elle fait plus femme
Que nous,
Seins ronds,
Petits tétons,
Et elle me souhaite bonne chance
En ébouriffant mes cheveux courts.

Maintenant je sais
Que je n'ai qu'une seule solution
Pour Me Venger.

Plongeoirs

Les applaudissements et les cris
De la foule enflammée
Deviennent cotonneux et silencieux
Quand je me perche
Sur le plongeoir.
Je n'entends qu'un son étouffé, sous-marin,
Pressé contre mes tympans,
Et l'eau semble m'appeler
Gentiment, de tout son corps.

Dans la lumière vive les gens ressemblent
À des fantômes, et tout à coup j'en vois un,
Tato – debout dans la foule,
Sérieux et silencieux, concentré comme moi,

Et je repère William aussi,
Une banderole à la main avec mon nom dessus.

Pas le temps de vérifier si ces visions sont vraies,
Ou inventées par de malins esprits,

Pas le temps de regarder si Mama est là aussi.
On nous dit :

À vos marques.
Prêtes.
Partez.

Chez moi

L'eau est un autre monde,
Un autre pays, avec son langage à lui,

Que je parle couramment,

Un pays étranger, dangereux,
Où on ne respire pas pareil.

Je ne peux me déplacer dans l'eau
Que si je suis entièrement décontractée ;
Se débattre,
            C'est couler.
Il faut croire en soi, croire
En ce territoire,
Croire à son propre corps, à la puissance
De chacun de ses muscles déployés,

Vouloir ce silence,

Vouloir le poids de l'eau
Au-dessus de soi,
                        Autour de soi,
Le rassurant silence de ce monde submergé.

Au bord de la piscine je suis peut-être moche,
Mais quand je parle le langage de l'eau,

Je suis belle.

Or

Tato me prend dans ses bras à la fin,
Alors que je suis dégoulinante
Et lui en costume.

‘Ma championne olympique’, me dit-il,
Et il a l’air si fier
Que je me fiche

Qu’on me voie pleurer.

Métamorphose

Clair enfonce la porte de ma cabine
Sans toquer,
Mais je suis déjà tout habillée.

'Tu te prends pour qui ?'
Aboie-t-elle.
Il y a deux filles derrière elle,
Mais assez loin. Je sais
Qu'elles n'interviendront pas.
Je me rapproche de Clair et je murmure,
Dans une langue que je suis sûre qu'elle comprend :
'Va te faire foutre.'
Les filles derrière ricanent,
Et Clair sursaute, s'apprête à répliquer,
Mais soudain s'aperçoit de toute ma joie,
De toute ma victoire,
Et se retrouve privée de son pouvoir.

Les deux filles toussotent et s'éloignent,
Clair reste seule
Sans ses soutiens, face à moi,
Et elle n'y arrive pas.

'J'en ai rien à battre de toi', dit-elle, et puis
Elle se retourne, se met à courir, s'écrie :
'Attendez-moi !'

Pardon

Mama ne sait pas demander pardon.
Mais maintenant que Kanoro est parti,
Elle est encore plus seule que je ne le suis,
Et beaucoup plus silencieuse,
Tellement silencieuse que parfois je vérifie
Qu'elle n'est pas morte d'un cœur brisé.

Kanoro est parti,
Tato est parti,
Et Mama est plus malheureuse
Que je ne peux l'imaginer.

Quand elle voit le trophée –
Une nageuse dorée
Plongeant d'un bloc de marbre
Dans l'espace – elle dit :
'Ce n'était pas ta faute, Kasienka',
Elle n'admettra jamais plus que cela,
Je le sais, et ça veut dire qu'elle est heureuse pour moi.

Et ça me suffit.

Anniversaire de Mama

Assise sur
Les marches
De notre immeuble,
Un Peperami à la bouche,
J'attends William,
Mais c'est Kanoro qui arrive
Sans prévenir.

Je cours vers lui pour l'accueillir.
Il me prend dans ses bras
Sans aucun embarras.

'Où est l'héroïne du jour ?' me demande-t-il.

Mama était à la fenêtre,
Et avant que je puisse l'appeler,
Elle a dévalé l'escalier.

Elle court vers Kanoro.

Ils sont un peu ridicules ensemble :
Mama d'un blanc trop éclatant,
Kanoro si noir à ses côtés.
Mais tout de même, la scène est plutôt belle.

Soirée

Kanoro emmène Mama dîner.
Elle porte une robe jaune,
Des talons si hauts
Qu'elle oscille en marchant.

Mama a déjà porté cette robe, avant,
À Gdansk,
Quand Tato l'a emmenée au théâtre
Et qu'ils sont rentrés
Main dans la main.

Mais Mama et Kanoro
Ne se tiennent pas la main
En revenant du restaurant.
Pas du tout.

Ils se tiennent le ventre :
Indigestion
De tacos,

Et ils se tiennent les reins :
Fou rire.

Kanoro dort sur le sofa,
Et le matin,
Thé et tartines avalées,

Il klaxonne depuis sa voiture
Toute neuve, nous fait un signe
Derrière la fenêtre, et disparaît
Vers le périphérique.

Je regarde Mama attentivement,
J'ai peur de voir sur son visage
Réapparaître la tristesse.

'Les gens reviennent, Mama',
Je lui dis, et elle hoche la tête,

Tout en rangeant bien proprement
La fine robe jaune dans un tiroir.

'Il faut que je me fasse couper les cheveux',
Dit-elle.

Résurrection

Mama est vivante à nouveau.
Un peu vivante.

Elle ne chante pas
Mais parfois
Fredonne
Sans faire exprès.

Côte à côte

Clair est toujours au milieu
D'une épaisse foule de filles.

Je ressens leur frustration,
Leur désir d'intégration,

C'est une danse de la popularité,
Où l'on échange chaque jour sa place,
Sachant que demain
N'importe laquelle pourra se trouver
rejetée.

C'est peut-être un peu solitaire,
Pour Clair,
D'être là au cœur
De la danse.

Elle m'ignore, à nouveau.
C'est mieux que d'être persécutée.

Dalilah et moi on reste ensemble,
Côte à côte.

Personne au milieu :
On regarde devant nous.
Dans la même direction,
On n'est pas là à se toiser,
À craindre à tout instant
Une trahison.

ÉPILOGUE

Papillon

Maintenant que je maîtrise le crawl,
Le dos,
La brasse,

Plus de limites.
Ms Morrow m'apprend
            Le papillon.

Quand je suis dans l'eau
Mon corps tangue comme une vague :
Violent, un peu.
Beau, surtout.

Poitrine dressée,
Bras étendus,
Jambes en arrière,
Je m'apprête à frapper l'eau.

Et je tire,
            Je pousse,
                        Je glisse.
Ainsi avance le Papillon.

Et de mes mains je creuse l'eau,
Je la sculpte, tout en trous et en tunnels ;

Tout cet air qu'il me faut trouver
Pour respirer,

Je le trouve.
Il est là. Je sais quand remonter
À la surface, et quand rester sous l'eau.

À l'entraînement,
Sur le plongeoir,
Rien ne m'effraie.

Je suis là, toute seule,
Et jamais je n'ai été
Aussi bien.

Glossaire

Mama – Maman.

Tato – Papa.

Babcia – Mamie.

Gdańsk – une ville portuaire en Pologne.

Gdańsk Główny – une gare à Gdansk.

Pierogi – raviole bouillie de pâte sans levain, souvent fourrée à la pomme de terre.

Bigos – ragoût polonais traditionnel.

Golabki – rouleaux de chou farci.

Remerciements

Ce livre n'aurait peut-être jamais existé sans les personnes suivantes : mon agente, la merveilleuse Julia Churchill, qui a travaillé sans relâche pour lire, corriger et soutenir le projet ; toute l'équipe de Bloomsbury, en particulier mon éditrice, Ele Fountain, pour son travail acharné, sa perspicacité et sa sensibilité ; la fondation Edward Albee (et son fondateur et ses membres) qui m'a donné l'espace et le temps de terminer ce roman ; mes amies et lectrices de la première heure, Erin Whitcraft et Jill Wehler ; l'école Hudson, notamment sa directrice et fondatrice, Suellen Newman, qui a toujours été une source admirable de soutien et d'inspiration ; Marta Gut pour ses conseils culturels précieux sur la Pologne.

De nombreux livres ont influencé mon écriture, et il serait peu pratique d'en faire la liste complète ici, mais je voudrais mentionner *Odd Girl Out* de Rachel Simmons, qui m'a aidée à comprendre les dynamiques du harcèlement entre filles.

Je suis particulièrement reconnaissante à Maman, Papa, Jimmy et Andreas pour leur amour et leur soutien.

Sarah Crossan

Sarah Crossan a vécu à Dublin, Londres et New York et habite actuellement dans le Hertfordshire. Après une licence de philosophie et de lettres, elle a obtenu une qualification d'enseignante d'anglais et de théâtre à l'université de Cambridge, puis un master d'écriture créative. Depuis, elle travaille à la promotion de l'écriture créative dans les écoles.

Pour en savoir plus sur Sarah et ses livres, rendez-vous sur sarahcrossan.com et sur Twitter @SarahCrossan.

Entretien avec l'auteure

Quel était votre livre préféré quand vous étiez enfant ?

Mon amour pour la lecture a probablement commencé quand j'avais douze ans et que j'ai lu *The Pigman*, de Paul Zindel. C'est le premier livre qui m'ait fait pleurer et qui m'ait empêchée de dormir la nuit, inquiète pour les personnages. Après ce livre, je n'ai pas arrêté de lire, et c'est pour ça que je me souviens de lui comme étant mon préféré.

Si vous pouviez être un personnage de livre, qui serait-ce ?

Elizabeth Bennett, sans aucun doute. Ce serait génial d'aller à tous ces bals, de boire du thé toute la journée et de porter des bonnets ! Je ne crois pas qu'elle ait véritablement eu besoin d'épouser qui que ce soit pour être comblée (c'est une femme très forte, après tout !), mais ça ne m'aurait pas non plus gênée de traîner avec Mr Darcy !

Qu'est-ce qui vous a poussée à écrire ce livre ?

J'étais très triste et j'ai eu envie d'écrire un livre sur quelqu'un qui serait aussi en train de traverser des moments difficiles. Kasienka, ce n'est pas du tout moi – nos combats sont différents – mais je voulais avoir sa force, et c'était chouette d'inventer quelqu'un qui pouvait se battre sans s'apitoyer sur son sort.

Quelle est la meilleure chose que vous ayez écrite ?

Mon chapitre préféré dans *Swimming pool*, c'est 'Kenilworth Castle'. Normalement, je suis assez timide et pas très à l'aise avec mon travail, mais je pense que ce poème est très joli. Peut-être que je l'aime aussi parce que j'aime vraiment Kenilworth Castle. Si vous comptez emmener quelqu'un pour une balade romantique, je vous le conseille fortement !

Quand avez-vous commencé à écrire ?

Comme la plupart des auteurs, j'ai toujours écrit. Quand j'étais petite j'écrivais des histoires et des poèmes, et j'ai toujours écrit mon journal intime (ayant eu trois frères, je me dis rétrospectivement que c'était une pratique dangereuse). J'ai commencé à prendre mes élans créatifs au sérieux il y a quelques années, quand j'ai fait un master d'écriture à l'université de Warwick.

Quel serait votre conseil numéro un à quelqu'un qui veut écrire ?

Écris. C'est vraiment basique, mais c'est la seule manière de commencer. Si tu veux devenir joueur de tennis, tu prends une raquette et tu apprends. Alors prends un stylo et, simplement, commence. Une bonne manière d'étudier cet art est de lire autant que possible. Lis beaucoup et n'aie pas peur de copier le style d'autres auteurs jusqu'à ce que tu aies trouvé ta voix.

Avez-vous une routine particulière lorsque vous écrivez ? Un stylo favori, une amulette, un pull préféré ?

J'écris en prose directement sur l'ordinateur, mais les vers commencent sur le papier et je transfère ensuite le tout à l'écran. Je ne sais pas pourquoi il y a une différence – peut-être parce que chaque mot d'un poème est puissant, et qu'un stylo m'aide à ralentir.

Je ne peux pas écrire si j'ai soif ou si j'ai faim, alors je consomme de grandes quantités de thé vert et de biscuits. Le thé doit être parfumé au jasmin, à la pêche ou à la fleur de lotus, et mes biscuits préférés sont les cookies aux pépites de chocolat.

Découvrez le début
d'un autre roman
de Sarah Crossan

Inséparables

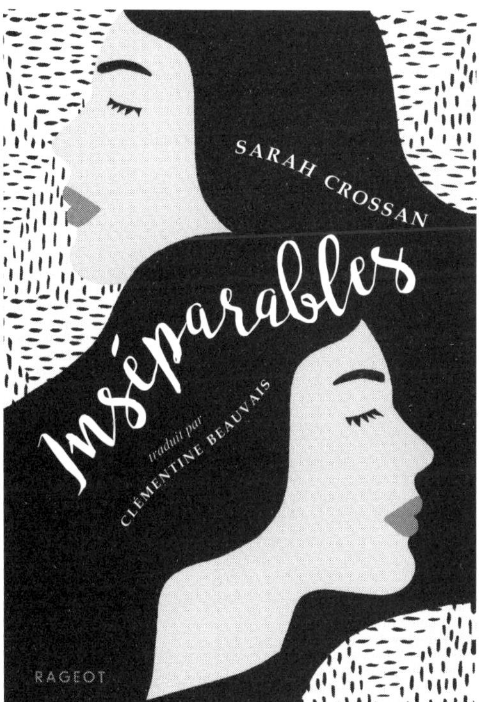

AOÛT

Soeurs

Nous
            Voilà.

Et vivantes.

Extraordinaire, n'est-ce pas ?

D'arriver
à vivre
comme ça.

Fin de l'été

Le souffle de l'été se rafraîchit.
La nuit répand son encre de plus en plus tôt.
Et inopinément Maman
nous annonce que Tippi et moi
on ne sera bientôt plus éduquées à la maison.
'En septembre
vous entrerez en première
et vous irez à l'école
comme tout le monde.'

Pas de vagues
de mon côté.

J'écoute,
je hoche la tête,
je tiraille un fil de ma chemise
jusqu'à ce que chute

un bouton.

Mais Tippi, elle, ne reste pas muette.

Elle éclate :
'C'est une *blague* ?
Vous êtes devenus *dingues* ?'
et se dispute avec Maman et Papa pendant des heures.

J'écoute,
je hoche la tête,
je me grignote la peau autour des ongles
jusqu'au

sang.

Enfin Maman se masse les tempes, soupire, et nous dit tout.
'On est à court de donations,
on n'a plus les moyens de vous payer un tuteur.
Votre père n'a pas encore retrouvé de travail
et la retraite de Grammie
ne couvre même pas l'abonnement téléphone.'

'Vous nous coûtez cher, les filles', ajoute Papa,
comme s'il était possible d'économiser
l'argent qu'ils dépensent pour nous deux
— frais d'hôpitaux, vêtements spéciaux —
si seulement on se comportait
un peu mieux.

Vous comprenez,
Tippi et moi, on n'est pas ce qu'on appelle normales —
pas le genre qu'on rencontre tous les jours,
ni même une seule fois
dans sa vie.

Toute personne un minimum bien élevée
nous appelle “jumelles fusionnées”,
mais on nous a déjà donné d’autres noms aussi :
monstres, mutantes,
déformées, dénaturées,
et même une fois démon à deux têtes :
j’en ai tellement pleuré
que j’ai eu les yeux gonflés pendant une semaine.

Mais oui, on est différentes, comment le nier ?

On est littéralement fusionnées
à la hanche,
sang et squelette partagés.

Alors
voilà
pourquoi
on n’est jamais allées à l’école.

Depuis toujours, nos expériences de chimie
c’est sur la table de la cuisine,
et le jardin nous sert de terrain de sport.

Mais pour l’école, maintenant,
Plus le choix ;
On y va.

Attention, pas dans une école publique
comme notre sœur Dragon,
avec des mecs qui agitent des couteaux sous le nez des profs
et boivent du Tipp-Ex pour le petit déjeuner.

Non, non, non.

La ville ne finance pas l'éducation à la maison mais
ils nous paient
une place
dans une école privée
— Hornbeacon High —
et Hornbeacon est d'accord pour que cette place
compte pour deux.

On devrait sans doute se dire qu'on a de la chance.

Mais la chance c'est pas vraiment
un mot
qui s'applique aisément
à nous.

Les gens

Dragon s'appuie au cadre du lit double
que je partage avec Tippi ;
ses pieds en pointe, pommelés d'hématomes, elle se
  peint les ongles
bleu métallisé.
'On sait jamais,
ça vous plaira peut-être, nous dit-elle.
Les gens sont pas tous cons.'
Tippi attrape le vernis, commence par ma main droite et
souffle pour que mes ongles
sèchent.
'Non, t'as raison,
les gens sont pas tous cons,
dit Tippi.
Mais quand nous deux on est dans le coin,
        ils ont tendance à le devenir.'

Un monstre comme nous

Le vrai nom de Dragon c'est Nicole,
mais Tippi et moi on l'a changé
quand elle avait deux ans,
quand elle était féroce et qu'elle crachait du feu,
que l'appartement tremblait sous ses pas furieux,
qu'elle dévorait crayons de couleur et trains électriques.

Maintenant c'est une petite danseuse de quatorze ans ;
ses pas ne font plus trembler la terre –
elle flotte.

Elle a de la chance d'être complètement normale.

Quoique

je me dis qu'être notre sœur
            ça doit être nul parfois,

qu'être notre sœur, si ça se trouve,
ça fait d'elle aussi
un monstre.

Ischiopagus tripus

Bien que les scientifiques aient trouvé des manières
de catégoriser les jumeaux fusionnés,
chacun des couples qui existent ou ont existé
est unique –
les détails de nos corps restent secrets,
sauf si l'on décide d'en parler.

Et les gens veulent *toujours* savoir.

Ils veulent savoir exactement ce qu'on partage,
là-bas en bas,
alors on le leur dit parfois.

Pas parce que ça les regarde,
mais pour qu'ils arrêtent de se poser la question – c'est
ce point
d'interrogation
sur notre corps qui nous dérange.

Donc :
Tippi et moi sommes un cas
d'*ischiopagus tripus*.
Nous avons
deux têtes,
deux cœurs,
deux paires de poumons et de reins.

Nous avons quatre bras aussi
et deux jambes qui fonctionnent parfaitement
depuis que la jambe vestigiale a été
                                        coupée – clic !
                                        comme la queue d'un chien
                                          de concours.

Nos intestins commencent
        séparément
        puis s'assimilent.

Au-dessous de cela nous sommes
        une.

Ça fait un peu prison, vu comme ça,
mais c'est déjà mieux que pour d'autres
qui vivent avec la tête ou le cœur fusionnés,
ou seulement deux bras à se partager.

Ce n'est vraiment pas si terrible.

Ça a toujours été comme ça.

C'est tout ce qu'on connaît.

Et pour vous dire la vérité,
        généralement on est
        très heureuses
        ensemble.

Mission lait

'Il n'y a plus de lait', dit Grammie,
en brandissant une brique de lait vide et
un mug de café fumant.

'Eh bien, va en chercher', dit Tippi.

Grammie fronce le nez et enfonce un index dans le flanc
de Tippi.
'Tu sais bien que j'ai un problème à la hanche', dit-elle,
et j'éclate de rire ;
Grammie,
la seule personne au monde
à jouer les handicapées
avec nous.

Donc Tippi et moi on se traîne jusqu'à l'épicerie du coin
à deux pâtés de maisons,
car c'est comme ça qu'on se déplace :
on se traîne,
            on titube,
                        pataudes,
mon bras gauche autour de la taille de Tippi,
            le droit jeté sur une béquille –
            et, en miroir, Tippi pareil.

Quand enfin on arrive au magasin, on est toutes les deux
à bout de souffle,
ni l'une ni l'autre très motivées pour rapporter le lait à la
maison.
'Elle n'a qu'à faire ses courses toute seule', dit Tippi,
qui stoppe
juste
un instant et
s'appuie sur une grille de fer rouillé.

Une femme à poussette passe par là,
la bouche
comme une entrée de grotte.
Tippi sourit et dit : 'Salut !'
et puis ricane
de voir cette femme au corps parfaitement formé
en trébucher de surprise.

Picasso

Dragon fait pleuvoir
mille pièces de puzzle
sur la table de la cuisine.

L'image sur la boîte comme une promesse : cette masse de pièces
se transformera en
tableau de Picasso
— "Amitié" —
un assemblage irréel de
motifs
et de lignes,
de solides aplats de
jaunes,
de marrons, et
de bleus.

'J'aime bien Picasso, dis-je.
Il peint l'essence des choses
et pas seulement ce que l'œil voit.'

Tippi bougonne. 'Ça m'a l'air impossible.'

Dragon retourne les pièces
faces visibles.

‘Plus c’est difficile, mieux c’est.
Sinon, quel intérêt ?’

Tippi et moi on se laisse tomber près d’elle
sur une
            chaise extra-large
et on entend les pas
de Papa
            qui descend
                        l’escalier
                        en traînant des pieds,
yeux vagues, parfum réveil.

Il nous regarde
farfouiller pour former le cadre du puzzle
            – bords
            et coins –
puis il se penche au-dessus de l’épaule de Dragon
et place dans sa paume
la pièce du coin en haut à droite.

Il s’assied à table en face de nous
et silencieusement case les morceaux qu’on cherchait
pile poil à leur place.

‘Beau travail d’équipe’, dis-je,
un grand sourire à Papa.

Il me regarde, clin d'œil.
'J'ai eu les meilleurs professeurs', dit-il,
puis il se lève et va chercher dans le
réfrigérateur
une bière.

Lancement

Maman et Papa nous préparent
pour notre première journée de lycée
comme s'ils s'apprêtaient à lancer
deux astronautes
dans l'espace.

Chaque jour est blindé de rendez-vous.

Ils nous envoient chez nos
psys, docteurs, dentiste.
Puis Grammie nous mèche les cheveux
et nous lime les ongles
histoire qu'on soit fin prêtes pour notre
Grande Sortie dans le Monde.

'Ça va être *fabuleux* !' dit Maman,
alors qu'on sait qu'on va être jetées
désarmées
dans une fosse aux lions.
Papa sourit
en biais.

Dragon, qui entre au lycée,
lève les yeux au ciel
et tire sur les manches de son cardigan.

'Oh, sérieux, Maman,
fais pas comme si ça allait être facile.'

'De toute façon, je me barre si j'aime pas ça', annonce Tippi,

et Dragon dit :
'Je hais l'école. Je peux rester à la maison, moi ?'

Grammie est devant son feuilleton policier.
'Comment peut-on haïr l'école ? caquète-t-elle.
Ça va être le plus beau jour de votre vie, les filles.
Vous rencontrerez vos amoureux là-bas.'

Papa se détourne,
Dragon rougit,
et Maman ne dit rien
parce qu'ils savent tous
que trouver
l'amour
c'est quelque chose
qui ne nous
arrivera
jamais.

PAPIER À BASE DE FIBRES CERTIFIÉES

RAGEOT s'engage pour l'environnement en réduisant l'empreinte carbone de ses livres. Celle de cet exemplaire est de :
700 g éq. CO_2
Rendez-vous sur www.rageot-durable.fr

Cet ouvrage a été composé par IGS-CP
à L'Isle-d'Espagnac (16)

Achevé d'imprimer en mars 2018
chez Grafica Veneta, Trebaseleghe
N° d'édition : 5644-01